特等添乗員αの難事件 Ⅵ

松岡圭祐

角川文庫
22550

目次

夜明け間近の旅行業と宿泊業の皆様へ

1

灰いろに濁った空の下、山のなかに延びる車道沿いに、빨래방《パルレバン》の看板がでていた。コインランドリーという意味だが、建物の外壁は塗装が剝《は》がれ落ち、エントランスもトタン板でふさいであった。周りに家屋は見当たらず、ほかにクルマの通行もない。潰《つぶ》れる前から需要は皆無だったとわかる。

にもかかわらず、なぜ当初ここにコインランドリーを開店する業者がいたのか。パトカーを走らせるうち、斜め前方にその理由が見えてきた。

京畿道《キヨンギド》のパジュ市。ソウルの北側に位置するベッドタウンながら、自然豊かな田舎の風景が大半を占める。ところがいま山林の奥深くに出現したのは、まるで場違いな西洋風の石造りの門だった。視野がふいにヨーロッパの一地方の様相を呈する。歩道を往来する人の姿はない。横並びになった複数のアーチを前に、車寄せのロータリーが設けられていた。パトカーの車列は石畳の上に停車した。

三十五歳の警査、パク・ドンウク班長は降車しながらつぶやいた。「娘がここに来たがってた」

紺の制服が続々と車列から降り立つなか、パクと同じくスーツ姿の三十二歳、警長のチャン・ユが応じた。「『プロデュース101』が好きだったんですか。それとも『アイドル学校』？」

「詳しくはきいてない。例の騒動以降、娘もそういう番組を観なくなったんでな」

制服警官はいずれも重武装だった。防弾ベストに各種プロテクターで身を固め、アサルトライフルを携える。テロに備えるような物々しさだが、摘発よりも鎮圧に重きを置く韓国警察では、ごく当たり前の装備といえた。機敏な動作も、かつて存在した戦闘警察を彷彿《ほうふつ》させる。

ここの警察官はみな鍛えられている。板門店《パンムンジョム》のある三十八度線を隔て、北朝鮮と接する最前線、非武装地帯を有する唯一の市だ。のどかな緑地からは想像もできない緊張感が、地方警察庁の組織内に浸透している。

巡警の制服がきいた。「英語村の敷地内を突っ切りますか」

パクはうなずいた。仮に犯罪者が潜んでいる場合、この静寂のなかでは、クルマの走行音が耳に届く。制服は全員、ゴム底の靴を履いている。目標まで駆けていくほうが安全だろう。

　集団を率いつつ前進を開始した。歩を速めるうち、やがて小走りに転ずる。チャンが併走する。後方に制服警官の群れがつづく。西洋の古城を思わせる門をくぐっていった。

　広大な敷地内はまさにテーマパークだった。イギリスの南部地方ライ村をモデルにした街並みが、はるか彼方《かなた》までひろがる。ビクトリア様式のシティホールにコンサートホール、いずれも煉瓦《れんが》や大理石に覆われ、繊細な彫刻に彩られている。

　ただし一帯は閑散としていた。やはり人影ひとつ目につかない。マーケットストリートも催し物広場も無人の空間だった。異国情緒にあふれた絵画のような景色に、あたかもゴーストタウンのような不気味さが漂う。上げ下げ式の窓を備えた三階建てには、韓流《ハンりゅう》芸能人育成トレーニングセンターと看板がでていた。きょうも借り手はいないらしく、入口が固く閉ざされている。

　もともとここは国内英語教育の拠点になるはずだった。外国に行かずとも留学同然の生活を送れると評判になり、一時は予約が殺到したようだ。ところが流行はあっという間に廃れてしまった。オンライン教育が広まり、英語村にあえて合宿する必要がなくなったことが、衰退のおもな原因らしい。交通の不便な場所にあるせいで、観光客も立ち寄りにくかった。建設に九百九十億ウォンを投じたにもかかわらず、開業後は収益があがらず、十年以上の累積赤字は六百億ウォンまで膨れあがった。英語村はほとんど廃業状態となった。

その後は芸能人育成施設に趣向を変えた。アイドルをめざす練習生たちのサバイバル番組の舞台となり、一気に知名度が上昇した。敷地内にテナントを設け、観光地化できないかという案も浮上した。

ところがそれらの番組で、出演者への人気投票に不正操作があったという疑惑が生じた。最悪なことにスキャンダルは事実と裏付けられ、制作者が逮捕されてしまった。英語村のネガティブなイメージは払拭《ふっしょく》できず、このように誰も寄りつかないまま、半ば廃墟《はいきょ》と化しつつある。

チャンも同じことを考えていたのか、走りながらパクにこぼした。「アメリカの大統領選挙ですら、あんな体《てい》たらくだったんだから、番組の票操作ぐらい可愛いもんですよね」

パクは黙っていた。それら番組の問題点は投票結果の捏造《ねつぞう》に留《とど》まらない。スタッフは未成年の練習生らを、夜通し英語村に閉じこめ、過酷なレッスンを強《し》いた。芸能事務所の練習生にとっては日常茶飯事であっても、テレビ番組で一部始終が明かされれば、良識ある大人たちが口を閉ざしたままでいるはずもない。たちまち人権と教育の両面で議論が紛糾した。

切妻屋根のテラスハウスを模した宿舎脇を抜け、英語村の反対側の出入口に行き着いた。道路を挟んだ向かいに、コンクリート壁の平屋が見えている。一転して風情のない、味気ない外観だった。それでも観音開きのガラス戸が、かつて商業施設だった事実をうかがわせる。登記によれば建物の使用目的はダンススタジオ。

制服組がすばやく平屋を包囲し、突入の態勢を整える。内部にひとけはない。チャンがささやいた。「英語村に隣接してるのは、同一の施設だと錯覚させるためですかね」

「立地だけはな」パクは応じた。「建物を見たとたん失望するのが普通だろう。でも外国人にとっては別だ。英語村がなんなのかすら、よく分かってない。敷地の境界も曖昧《あいまい》にとらえてるだろうし」

「テレビで観たロケ地が、目の前にひろがってて、散策も自由となれば……」

「ああ。しばらくはだまされる。ここが人里離れた陸の孤島で、自分たちが監禁されたも同然と気づくまでは」

巡警が駆け寄ってきた。「準備完了です」

パクは即座に命じた。「突入開始」

制服の群れはただちに行動を起こした。ハンマーでガラスを叩《たた》き割り、戸枠を開け放って侵入する。唐突に静寂が破られ、一帯は騒然となった。アサルトライフルを構えた第一陣につづき、パクとチャンも内部に踏みこんだ。

暗くて見通しがきかない。壁のスイッチを操作しても明かりは灯《とも》らなかった。制服たちがLEDライトで床を照らす。ひどく埃《ほこり》っぽい。生臭くもある。床にはガラスの破片のほか、生活ゴミが散乱していた。ドアの向こうを次々と確認するものの、どの部屋ももぬけの殻だった。

地階への下り階段が見つかった。三人のライフルが先行する。パクもそれにつづいた。チャンも何人かを率い、パクを追いかけてくる。

だしぬけに先頭の巡警が声を張った。「おい！　無事か」

パクははっとした。暗がりに目を凝らす。LEDライトがさまようなか、光が地階の壁に反射した。鏡張りとわかる。それでもダンスの練習室と気づくまでには数秒を要した。フローリングがゴミの山に覆われているからだった。ポリ袋や空になったペットボトル、テイクアウト食品の使い捨て容器が転がる。飲み薬や包帯の空箱も見てとれる。

髪の長い十代の少女が横たわっていた。服装は上下ともジャージだったが、げっそりと痩《や》せ細り、あたかもミイラのごとく衰弱しきっている。ライトに照らされた青白い肌に、血の気はまるでなかった。

少し離れた場所で、同じ服装の少女が突っ伏している。その向こうでは、さらに別の少女が壁にもたれかかり、力なく手足を投げだしていた。こちらの少女は短パン姿で素脚だったが、あまりに細くなりすぎて、骨の形状が克明に浮きだしている。

巡警がしきりに声をかけるうち、少女のひとりがうっすらと目を開けた。

パクは少女のわきに片膝《かたひざ》をついた。「しっかりしろ。もうだいじょうぶだからね。名前は？」

少女は嗄《か》れた声でささやきを漏らした。だが言葉がわからない。日本語にちがいなかった。パクは背後を振りかえった。

ただちにチャンが身を乗りだし、日本語で少女に問いかけた。少女もかすかな発声を喉《のど》に絡ませながら応じた。

チャンがパクに告げてきた。「この子はエミカ、向こうにいるのがミキとアオイだといってます」

捜していた三人だ。パクはため息まじりにいった。「救急車の手配、大至急だ。チャン。ソウル鍾路《チョンノ》署に連絡をとり、芸能事務所社長の逮捕を要請しろ」

全員がいっせいに動きだした。少女ひとりにつき、数人ずつの制服が寄り添い、ゆっくりと助け起こそうとする。

パクは思わず唸《うな》った。また日本人練習生の被害者、しかも今度は極度の栄養失調状態だ。とうとう生死にかかわるケースに至った。もはやこの国ならではの事象として片付けられない。新たな国際問題に発展しかねない。

2

白髪頭の警察庁刑事局次長、武藤忠能《むとうただよし》は会議のテーブルにつくなり、じっと見つめてきた。「壱条《いちじょう》君はお父さん似というより、あれだな、キム・テヒョンに似てるな」

肘《ひじ》掛け椅子に腰かけたばかりの二十六歳、壱条那沖《なおき》は思わず体勢を崩しそうになった。

会議に同席する国土交通省の国際統括官、四十代前半の萩本誠市《はぎもとせいいち》は真顔でつぶやいた。「なんでしたっけ。TBS？　少年探偵団……」

那沖は苦笑する気にさえなれなかった。「防弾少年団ですよ。BTS。僕なんかまったく似てません」

最も高齢に見える文部科学省事務次官、飯山抄造《いいやましょうぞう》が声をあげて笑った。「謙遜《けんそん》するな。観光庁きっての美男子だろう」

「しかし」内閣官房副長官の糸井《いとい》吉住《よしずみ》が仏頂面になった。「付け焼き刃の知識じゃこんなものだな。うちの孫なら血相変えて、まちがいを指摘しそうだ」

霞《かすみ》が関《せき》二丁目、中央合同庁舎第3号館の会議室に集った面々は、みな韓流芸能に関する資料を一読している。とはいえ誰も本気で頭にいれようとはしていないだろう、那沖はそう思った。移ろいやすい流行をいちいち気に留めていたのでは身が持たん、那沖の父、国会議員の壱条凌真《りょうま》もそうこぼしていた。

警察庁警備局、外事課のわりと若い職員、徳永蒼太《とくながそうた》が居住まいを正した。「本題に入りましょう。京畿道のパジュ市で発見された三人の少女ですが、帰国後は順調に回復しています。それぞれの保護者に対し、所轄が事情をきいています」

萩本国際統括官が鼻を鳴らした。「事情もなにも、年端もいかないわが子を韓国に渡らせ、芸能の練習生にさせる親は前からいた。ここにきて爆発的に増加しただけだ」

飯山事務次官が妙な顔になった。「なぜ急に増えた？」

　那沖は肩をすくめてみせた。「ＮｉｚｉＵですよ」

「なにが二十なんだ？」

「ニジューというグループです」

「ああ……。資料の最後のページにあったな。韓国のプロデューサーが日本人ばかりのグループをデビューさせたとか」

　文科省総合教育政策局の国際教育課、三十代の弘道知美《ひろみちともみ》がいった。「大手芸能事務所ＪＹＰは、日本の文科省に誓約書を提出し、未成年練習生の適正な管理保護を約束しています。通学のための頻繁な帰国も許可してるそうです。問題は今回のような、有象無象の中小芸能事務所による練習生のあつかいです」

　飯山事務次官がきいた。「そもそも未成年者たちはどういう立場で、単身韓国に渡ってる？」

　警察庁外事課の徳永が応じた。「いちおう留学生という認識です。韓国では中小芸能事務所が合同でオーディションを開きます。日本で別の業者が窓口となり、レッスン料をとって育成した練習生候補を、韓国の合同オーディションに送りこむんです。日本でオーディションが開催される場合もあります。事務所に入ったら練習生になります」

「練習生ということは、芸能人ではないんだな？」

「はい。韓国では練習生期間に歌やダンスの特訓を受け、一定の水準以上に達しなければデビューを認められません。問題はその制度の悪用です」

「悪用というと……」

「韓国の芸能事務所は練習生にも給料を払い、多額のレッスン料も負担しつつ、手塩にかけて育てます。とはいえ身分は練習生にすぎず、まだ職種として芸能人には区分されません。保護責任は各事務所にありますが、練習生の立場が曖昧《あいまい》なことを利用し、ただ在籍者数をむやみに増加させがちです」

「増加？」飯山事務次官は眉《まゆ》をひそめた。「練習生にも給料を払うのなら、頭数を増やせば出費が増すばかりだろう」

「それがそうでもないんです。韓国政府は芸能を全力で後押ししています。文化産業振興基本法の制定を受け、政府機関として韓国文化コンテンツ振興院が設立されてから二十年。政府は巨額の資金を芸能界に提供しています」

「すると国を挙げてアスリートの強化選手を育てるように……」

「ええ。詳細は公にされていませんが、芸能事務所が抱える練習生の人数に応じ、育成用の補助金が支払われる制度があるようです。このためやたら大勢の練習生を在籍させながら、実質的な芸能活動を行わせる意思のない、悪質な事務所が台頭してきています」

萩本国際統括官が苦い顔になった。「韓国政府はなんの手も打たないのか」

武藤刑事局次長は老眼鏡をかけると、手もとの書類を眺めた。「未成年芸能人や練習生に関する権利保護改善法案を作成、ようやく議論に入った段階だそうだ。国務調整室が主導し、文化体育観光部や放送通信委員会に協力を求めとる。実態の把握が難しかった芸能人養成過程を、今後は大衆文化芸術産業実態調査の対象とすると」

飯山事務次官が天井を仰いだ。「あきれた話だ。さんざん未成年者を酷使しておいて、養成の実態を把握してなかったというのか」

文科省の弘道知美が発言した。「日本のアスリート界における、暴力や虐待をともなう指導について、国際人権団体が報告書を提出したのは去年のことです。韓国芸能界も同じ状況です。これまでは国際的な成果ばかり追求してきたため、スパルタ的な育成もやむなしとする風潮がありました。未成年者を苦しめてはいけないという当然の事実が、ようやく問題視されてきたんです」

萩本国際統括官がじれったそうに唸った。「韓国の国内問題で片付けばいいが、わが国としても無視できない状況にある。日本人の若者がこぞって韓国になびいとるからな」

警察庁の徳永がうなずいた。「今回救出された三人の少女は、ダイエットによる栄養失調や足の怪我により、医師の治療が必要なほどに衰弱していました。けれども経営者は国からの補助金が打ち切られるのを恐れ、三人を監禁も同然に放置したのです。これまでも風呂《ふろ》に入らせないとか、食事を与えないとか、大勢で雑魚《ざこ》寝させるとか、日本人練習生への人権侵害が報告されてきましたが、とうとう命の危険にまで及んだわけです」

武藤刑事局次長が老眼鏡を外した。「ろくに経営実態のない中小の芸能事務所が、独自に大勢の練習生を集められるとは思えん。どこかに大規模なブローカーが存在し、それら下請けの事務所に練習生を振り分けるとの噂もある。実態が解明されなければ、被害者は増えるばかりだ」

糸井内閣官房副長官が身を乗りだした。「これは総理からの内々の指示なんだがね。韓国の自浄努力が実を結ぶまで、未成年練習生の渡韓を認めない方向にできないだろうかと」

真っ先に同意をしめしたのは萩本国際統括官だった。「賛成です。加えて観光庁においては、韓流芸能を観光旅行のセールスポイントとしないよう、周知を徹底してもらいたいが」

　那沖は面食らった。「なにもそこまで……」

　だが同席していた観光庁国際観光部長、小《こ》関《せき》浩介《こうすけ》がかしこまって応じた。「はい。そのようにしたいと思います」

「部長」那沖は苦言を呈した。「観光旅行は留学とはちがいます。関係ないでしょう」

「きみは見方が浅いよ。留学の下見のため、ソウルに旅行する家族も多い。韓流芸能を公認とするような旅行ツアーの募集は、未成年練習生の渡韓に拍車をかけるじゃないか」

　武藤刑事局次長がいった。「壱条君。きみのお父さんも賛成にまわっとるよ。わが国の子供たちを危険にさらしてはならん」

　糸井内閣官房副長官が一同を見まわした。「この場で各省庁の合意事項とさせていただきたいが、よろしいかな」

　異論を差し挟める空気ではない。那沖は沈黙せざるをえなかった。

「結構」糸井が腰を浮かせた。「では各自よろしく」

　会議は終了した。那沖は観光庁の小関部長を見つめた。小関は視線を避けるように、こそこそと退出していった。

列席者を会釈で見送ったのち、那沖もひとり廊下にでた。ため息とともにスマホをとりだす。待受画面は婚約者とのツーショットだった。

明るく染めたショートヘアが、緩めのリバースカールで小顔を縁取る。ぱっちりと見開いた瞳《ひとみ》と、色白の肌を絶妙に引き立てていた。鼻筋が通っていて、薄い唇はややアヒル口ぎみ。年齢は二十二歳だが、十代の少女に見まがうほどの童顔だった。

観光庁の同期で同僚、篠田《しのだ》康三《こうぞう》の声がした。「おいテヒョン。暗い顔だな、どうした」

那沖はいらっとした気分で顔をあげた。「会議にでてたくせに、ひとことも喋《しゃべ》らずに……」

「悪い」篠田がいたずらっぽく笑った。「でも俺たち観光庁は、国交省の外局にすぎないからさ。萩本さんにああいわれちゃ、どうにもならないだろ。うちの小関部長の態度がすべてを表してるよ」

「国の方針はそれでよくても、問題は……」

「あー。婚約者の絢奈《あやな》さんか。辛《つら》いよな。ウイルス騒動が収まって、ようやく旅行業界に回復のきざしが見えてきたってのに」

「韓国の歌番組観覧ツアーは、どの旅行会社でも目玉だよ。台湾はグルメツアーでいいけど、韓国のほうはショッピングだけじゃ弱い」

「おい……。ひょっとして結婚後の稼ぎの心配か？　観光庁に異動になったとはいえ、エリート官僚の壱条が」

「収入を気にしてるわけじゃないんだ」

「なら気楽に構えてろよ。絢奈ちゃんなら持ち前の機転でなんとかなるって。ラテラル・シンキングだっけ？　頭の回転の速さがちがうよ、彼女は」

篠田はそれだけいうと、那沖の肩を軽く叩《たた》き、ぶらりと立ち去っていった。わかっていない奴だ。那沖は憂鬱《ゆううつ》な気分とともに、スマホ画面に目を戻した。

絢奈にとって添乗員は天職だ。あれほどやり甲斐《がい》のある仕事はほかにない。旅行の自粛期間中、彼女はひどく落ちこんでいた。ようやく笑顔が戻ってきた矢先だった。もう二度と生気を失ったような、暗く沈んだ面持ちにさせたくない。

3

柔らかい春の陽射しが降り注ぐ午後、浅倉《あさくら》絢奈は西新宿《にししんじゅく》の超高層ビル群に帰ってきた。ビルの一階、K−POPツアーのポスターが貼られた添乗員派遣会社が、絢奈の勤務場所だった。株式会社クオンタムと記されたガラス戸を押し開ける。パーティションに囲まれた通路を歩いていった。

海外添乗が可能な総合旅程管理主任者の資格を持っていても、ここ最近の仕事は都内のバスツアーばかりだった。スーツにタイトスカート、ハイヒールというバスガイド然とした服装は、どうにも窮屈でしかない。首に巻いたエンジいろのスカーフも暑苦しい。

もう少しの辛抱だと絢奈は思った。じきにまたソウルへの番組観覧ツアーが予定されている。韓国旅行は楽しい。想像しただけで気分が高まってくる。

パーティションの隙間から四十代の上司、黒縁眼鏡の菊池《きくち》が飛びだしてきた。「浅倉。戻ったか」

「はい。きょうは午前中の案内だけだったので」

菊池は手にした紙を差しだした。「ツアー募集の原稿な。大事な一文が抜けてるよ」

それは絢奈が提出したばかりの書類だった。戸惑いとともに文面を眺める。「あのう、日程に不備でも……?」

「KBSホールで『ミュージックバンク』収録の観覧。明洞《ミョンドン》でショッピング。日程表は正しい。でもな、このツアーの対象客は？」

「あー」絢奈は紙を受けとった。「いますぐ書き足します」

とはいえふたりとも筆記具を持っていない。菊池はわざと無言を貫いているようだ。なにか書く物を、そう要求されたとたん、小言を始めるつもりだろう。絢奈は案ずることなく、胸ポケットに挟んだネームプレートを外した。

アクリル製の名札の裏に、フリクションペンの芯《しん》を三センチで切り、セロテープで貼りつけてある。先端はネームプレートの縁からわずかにはみだしている。ちょっとしたメモなら筆記具代わりに使える。ごく単純な職務上の知恵の産物だった。説教せんと身構えていた菊池が、面食らった表情になった。

「ええと」絢奈は紙をパーティションの壁面に押しつけ、ネームプレートをペン代わりに走らせた。「ビジネスや留学、医療受診などを目的とするツアー参加はできません。規則に違反した場合、ツアーの中止もしくは賠償請求がなされることがあります、と。……こんなお客さんはいないだろうけど、いちおう書いておかなきゃいけないんですよね」

「そのとおり」菊池が引き渡された紙を眺めた。「おい。医療の療の字、雑すぎないか」

「うろおぼえなんで……」

「ったく。頭がよく回るかと思えば、基礎学力が足らなかったりするんだな」

「すみません」絢奈は悪びれずに笑ってみせた。「中卒なもんで」

「まあいい。今後は気をつけてくれよ」菊池はパーティションの奥へと引っこんでいった。

やれやれ。絢奈はネームプレートを胸に戻し、ため息をついた。やっと旅行業界が活気を取り戻してきたというのに、凡ミスはあいかわらずだった。そそっかしさも抜けていない。

ハイヒールの音が駆け寄ってきた。血相を変え接近してくるのは、絢奈によく似たスーツ姿ながら、青いスカーフを巻いた二十二歳だった。同期の榎本《えのもと》妃華莉《ひかり》、知りあったのはずいぶん前になる。ふだんの冷静な態度はどこへやら、ストレートのロングヘアを振り乱し、妃華莉は絢奈にすがりついた。「大変なの！　美波《みなみ》がやらかしちゃって」

「落ち着いて。どうしたっていうの？」

「きて」妃華莉は絢奈の手を握り、フロアの奥に向かいだした。

社長室に近づくや、中年男の叱りつける声がきこえてきた。芹沢《せりざわ》部長のだみ声とわかる。「こんな失態が許されると思うか！」

パーティションで仕切られた一区画、社長室に足を踏みいれる。エグゼクティブデスクに観葉植物、調度品の飾りつけを除けば、ほかの部屋の味気なさと変わらない。いまは役員クラスが数人集っていた。白髪まじりの頭に鷲鼻《わしばな》、泉谷《いずみや》社長も不機嫌そうな顔で、肘《ひじ》掛け椅子に身をあずけている。

デスクの前に立ち、うつむきながら涙を滴らせているのは、やはり同期で同い年の松永《まつなが》美波だった。彼女もバスツアーから帰ってきたばかりのはずだ。派遣先の旅行会社がちがうため、スーツに黄いろいスカーフを巻いている。背丈は絢奈より低く、いっそう童顔で、ツーサイドアップにした髪型のせいか年下に見える。泣きじゃくるさまも女子児童のようだった。

絢奈はたじろぎながら役員らに話しかけた。「あのう。いったいなにが……？」

泉谷社長がデスクの上にあった紙をとりあげた。「これだ。松永が原稿を書いた。明日の朝刊に掲載される」

新聞広告の版下だった。台北《タイペイ》・高雄《カオシュン》四泊五日ツアー。細部まで目を凝らしたが、どこにも不自然なところは見当たらない。

芹沢部長が憤然としながら指摘した。「旅行会社の予約受付電話番号がまちがっとる。下ひと桁《けた》が7ではなく1になっとる」

思わず息を呑《の》んだ。掲載された電話番号は、03‐3557……。絢奈はつぶやいた。「0120じゃないなんてセコい……」

泉谷社長の眉間《みけん》に深い縦皺《たてじわ》が刻まれた。「むしろ良心的だ。0570のナビダイヤルよりましだからな。って問題はそこじゃないだろ!」

絢奈は視線をあげ、泉谷にきいた。「この番号、使われてるんですか」

「練馬《ねりま》区の中華料理店だとわかった」

妃華莉が絶句する反応をしめした。「それは……困りましたね。明朝にはお店の電話が鳴りっぱなしに……」

「しかもだ」泉谷社長が苛立《いらだ》たしげにいった。「肝心の旅行会社に、予約の電話は一件もかかってこないことになる」

「あ、あの」妃華莉がうわずりがちな声で進言した。「新聞社に頼んで訂正を……」

芹沢部長は頭を掻《か》きむしった。「広告の校了日はとっくに過ぎてる。版下も確定済みだ。無理に直させるには多額の費用がかかる」

泉谷社長が吐き捨てた。「うちじゃなく旅行会社の金だ。もちろん請求はうちにまわるだろう。吹けば飛ぶような添乗員派遣会社に、そこまでの余裕があると思うか？ついこのあいだまで、旅行自粛のせいで倒産の危機に瀕《ひん》してた零細だぞ」

美波は両手で顔を覆い、嗚咽《おえつ》にまみれた声を響かせた。「ごめんなさい。本当に申しわけありません」

絢奈は泉谷を見つめた。「ちゃんと謝ってますよ」

芹沢部長が横槍《よこやり》をいれてきた。「ここは小学校じゃないんだ。松永の薄給を損失に充てたところで、全額払いきるのに何年かかると思う」

妃華莉があわてぎみにいった。「社長。新聞に訂正の投げこみチラシをいれるとか、テレビＣＭでお詫《わ》びするとか……」

「馬鹿いえ」泉谷社長が遮った。「俺は大富豪か。いまから明朝までのあいだに、どうやったらそんなことが可能になるんだ。だいいち告知したところで、新聞の購買者らの目にとまる確率は、きわめて低い」

「じゃ旅行会社のサイトに訂正を載せて、ＳＮＳで拡散しましょう」

「草の根運動もいいとこだな。明朝には中華料理屋の電話回線はパンク。旅行会社にもさっぱり予約が集まらず大打撃だ」

美波が顔をあげた。泣き腫《は》らした目を瞬《しばたた》かせながら、かすれた小声でささやいた。

「わたしが責任をとります」

芹沢部長が嚙《か》みついた。「どう責任をとるっていうんだ！　辞めればいいとか、虫のいいことを考えてるんじゃないだろうな」

絢奈は泉谷社長に視線を戻した。「中華料理店には知らせたんですか？」

「まだだ。怖くて電話できん。番号をグーグルで検索した結果、中華料理屋だと判明しただけだ」

「ふうん」絢奈は微笑してみせた。「でもまあ、まずは落ち着きましょうよ。じっくり対策を考えて……」

「おい、浅倉。落ち着けだと？　対策なんかあるか。おまえのラテラル・シンキングでなんとかできるってのか。これぱっかりはどうにもならんだろ」泉谷社長は立ちあがった。「時間はいたずらに浪費できん。旅行会社の社長に呼ばれとる。頭を下げにいくしかない」

芹沢部長が神妙にいった。「私もお供します」

役員らがぞろぞろと退室していく。社長室には絢奈ら三人の添乗員だけが残された。

美波は顔を真っ赤にし、ときおりしゃくりあげながら、震える声でうったえた。

「絢奈。もう駄目。どうしよう。わたし取り返しのつかないことを……」

「心配しないで」絢奈は微笑んでみせた。「わたしもさっき菊池さんに怒られちゃった。ツアー募集チラシに注意事項を書き忘れて」

妃華莉が憂いのまなざしを向けてきた。「絢奈は入稿前だったんでしょ？　美波の広告はこのまま掲載されちゃうんだってば」

ふたりの狼狽《ろうばい》ぶりをまのあたりにし、絢奈はようやく状況を悟った。ああ、そうか。みな目の前にぶら下がっている解決策に気づかずにいるらしい。絢奈にしてみればよくあることだった。

「だから」絢奈は穏やかにささやいた。「そんなに不安がらなくてもいいんだって。広告の訂正がきかないなら、やるべきことはひとつだけじゃん」

4

割烹《かっぽう》着を着た婦人が、テーブルを見下ろしながらたずねてきた。「ご注文は？」

席に着いた絢奈はメニューに目を落とした。「ラーメンと餃子《ギョーザ》を三人前。あと、これも」

「どれ？」と婦人が身を乗りだした。

「これ」絢奈はメニューの下部を指さした。

「……それ、うちの電話番号じゃないの」

「そう」絢奈は両手を合わせ、精いっぱいの笑顔を取り繕った。「お店の電話番号、買いとらせてください！」

婦人があんぐりと口を開けている。テーブルの向かいに座った妃華莉と美波も、そろって啞然《あぜん》とした表情を浮かべていた。

手狭で年季の入った中華料理店内は閑散としている。絢奈たちのほかに客はいない。土間の上にサンダルの音が響く。カウンターのなかから高齢の男性が駆けだしてきた。

こめかみにわずかな白髪を残す店主が、目を怒らせながらいった。「おい、お嬢さんたち。ひょっとしてあれか、ユーチューバーのどっきりってやつか。顔見知り以外のお客なんてめずらしいと思ってたら、とんでもねえ。うちはからかわれる筋合いはねえんだ」

絢奈は臆《おく》しなかった。「撮影なんかしてません。見りゃわかるでしょ？」

婦人が怪訝《けげん》そうに見つめてきた。「なにが狙いなの？　三人ともバスガイドみたいな格好して」

「先におたずねしたいんですけど」絢奈はきいた。「こちら出前は？　注文が頻繁に入ったりします？」

夫婦が顔を見合わせる。店主は苦い顔で首を横に振った。「いや。近所の連中しか相手にしてないんでな。出前館やらウーバーイーツとやらも無縁だ」

「よかったー。そうだと思いました、お店を見た瞬間に」

「どういう意味だよ」

「出前の注文をしてくるのは、せいぜい五、六人ぐらいですよね？」

「じゅ、十人ぐらいはいるよ。なめんな」

「ならその十人のお客さんたちの家には、わたしたちが直接出向いていって、新しい電話番号をお伝えします。だから譲ってください、お店の電話番号」

「あのな、電話をかけてくるのは客だけじゃねえんだ。仕入れ業者とかいろいろ……」

「まぁた」絢奈は笑ってみせた。「業者さんはご主人の携帯電話番号を知ってるでしょ？　営業時間外にも連絡がつくように」

「お、おう。まあな。ショートメールもたびたび送られてくるし」

「ショートメール！」絢奈はわざと目を丸くしてみせた。「ご主人、若ーい！」

おだてられて悪い気はしないらしい。主人は苦笑ぎみに目を落とした。「いや、まあ、そりゃいまどき、スマホぐらいはよ」

婦人が鬼の形相で割って入ってきた。絢奈を睨《にら》みつけながら婦人がいった。「電話番号なんて売り買いできるもんじゃないでしょ」

「そうでもありません」絢奈はあっさりと応じた。「ゾロ目とか語呂《ごろ》合わせとかを含む、いわゆる良番をほしがる企業やお店はたくさんあります。電話番号売買専門の仲介業者がいますし、違法行為じゃないんです」

「売るったって、うちの旦那《だんな》が電話局に手続きに行かなきゃいけないんでしょ?」

「それをお願いできないかということで……」

妃華莉が困惑顔でいった。「絢奈。手続きをしたからって、電話番号の移行には一週間以上かかるでしょ?」

「いえ」と絢奈は首を横に振った。「そんなにかからない」

さっきNTTの東京北支店に問い合わせ、知りたかった事実をききだした。当初は職員も、番号の売買自体が不可能と主張しつづけた。けれども絢奈がしつこく食い下がった結果、売る側と買う側の双方が合意していれば、法的に問題ないとわかった。旅行会社と中華料理店、いずれも市内局番が3557で、同一の収容局内にある。

よって契約者名を変更したうえ、電話番号を変えず移行が可能だった。移転工事の必要がなく、局内だけで対応できるとも伝えられた。

しかも正当な理由があれば、緊急に固定回線を移し変え、すぐに新たな所有者が利用可になるという。明朝、確実に起こるトラブル回避のためと説明したところ、正当な理由と認められた。旅行会社に移行された番号は、代表取扱サービスの契約が可能なため、複数の回線で受けられる。ツアー旅行の予約電話番号として問題なく機能する。

絢奈はまた両手を合わせた。「三万円でお願いします！」

主人が渋い顔になった。「ずいぶん安いな」

「だって良番ってわけじゃないし、買取業者さんに売ろうとしても、本来は値がつかない番号だし。じゃ四万では？」

「四だなんて縁起が悪い。せめて五万だろ」

「わかりました！　五万でいいんですね」

「いいとはいっとらん」

すると婦人が夫をなだめだした。「あんた。店の電話番号が変わるだけで、五万入ってくるんでしょ？　しかもお得意先には、この子たちが新しい電話番号を伝えてくれるって」

「親父の代から引き継いだ電話番号だぞ」

「それがなに？　いまもずっと鳴らないじゃないの」

「んー」主人は熟考する素振りをしめしたが、やがて意を決するかのように声を張った。「よしわかった！　五万で手を打とうじゃねえか。ただし……」

絢奈はきいた。「なんですか」

「うちのラーメンと餃子を完食してくれよな！　残したら承知しねえぞ」

舞いあがるような気分とともに、絢奈は思わず腰を浮かせた。「もちろんです！　よければビールを召しあがってください。奢《おご》りますから」

「ほんとか」主人はでれでれとした顔で、後頭部を手でさすりながらカウンターに戻っていった。「悪いな、おい。馳走《ちそう》になるか」

婦人もまんざらではなさそうに、苦笑いを浮かべ引き揚げていった。「あんた、飲み過ぎないでよ」

「あのぅ」絢奈は恐縮しながら声をかけた。「ＮＴＴの支店が閉まる前に行く必要があるんで、本格的なお祝いは帰ってからってことに」

妃華莉と美波はいずれも、ただ茫然《ぼうぜん》とした顔で絢奈を見つめていた。美波がささやいた。「絢奈……。いったいどうやってこんなこと……」

「良番売買業者の広告を以前に見かけた」絢奈はふたたび椅子に腰かけた。「だから可能だろうと予想がついてた。番号を買いとっちゃえばいいじゃんって」

「……絢奈」美波は目を潤ませ、絢奈の両手を包みこむように握りしめた。「あなたって人は、ほんとすごい。利口か天然か、どっちだろうって社内のみんなが噂してたけど、やっぱ天才だったんだね。入社したてのころ、犬の首輪をベルトとまちがえて腰に巻こうとしたとか、ただの都市伝説だよね」

妃華莉も微笑とともにハンカチで目もとをぬぐった。「わたしがきいたのは、パソコンの画面に『スキップしてください』って表示がでたとき、立ちあがってスキップしたとか……。そんなわけないよね。安心した」

絢奈は笑顔が凍りつくのを感じた。どちらも真実だった。もとは中卒の世間知らず、無知蒙昧《もうまい》なニートでしかなかった。あらためて思う。総合旅程管理主任者の資格をとり、憧《あこが》れの壱条那沖と婚約できたなんて、天地がひっくりかえるほどの奇跡だ。

5

外はすっかり暗くなっていた。日比谷《ひびや》公園の南西にゴシック調の建物がある。国民宿舎〝日比谷ロッジ〟だった。絢奈はエントランスを入るや、誰もいないロビーを駆け抜け、貸会議室に飛びこんだ。

室内にひとりの高齢者がまっていた。燕尾《えんび》服をまとったその姿は、日本史の教科書に掲載されていてもおかしくないほどの威厳を放つ。白髪頭に頑固そうな面持ち、明治時代の偉人を彷彿《ほうふつ》とさせる口ひげ。背筋をぴんと伸ばして立つ姿勢は、七十代という年齢を微塵《みじん》も感じさせない。

能登《のと》厦人《いえと》は額に青筋を浮きあがらせ、予想どおりの怒声を響かせた。「遅刻ですぞ！」

「どうもすいません」絢奈は笑顔でごまかしにかかった。「きょうは忙しかったもんで」

「浅倉さんを、壱条那沖さんの奥方としてふさわしい人物にすべく、私は家庭教師を……」

「ええ。ほんと能登先生には感謝してもしきれません。おかげで立派な社会人になれました」

「立派かどうかは他人がきめることです」能登はホワイトボードに向き直った。「席についてください。きょうの授業を始めます」

絢奈は頭を掻《か》きつつ椅子に腰かけた。能登は那沖の運転手を務めている。那沖が幼少のころから教育係だったらしい。現職の国会議員にして那沖の父、壱条凌真の選挙参謀でもあった。中卒後、五年間のニート生活を送ってきた絢奈が就職できたのは、能登による指導の成果以外のなにものでもない。

それでも一日の疲れからか、座ったとたん眠気が襲ってくる。絢奈の目は自然に閉じかかった。

気配を察したかのように、能登がすばやく振りかえった。「浅倉さん」

「は、はい。寝てませんよ」

「なにをいってるんですか」能登は指し棒でホワイトボードを叩《たた》いた。ハングルが書き連ねてある。〝수고하셨습니다 늦게까지 수고하십니다〟

絢奈は読みあげながら意味を解釈した。「おかえりなさい《スゴハショッスムニダ》、遅くまでお疲れさまです《ヌッケカジスゴハシムニダ》……。ありがとうございます。まさか先生からねぎらいの言葉をいただけるなんて……」

「韓国語で」

「あー。コマッスムニダ。体調が悪いんで早退したいんですけど《モミアンジョアソチョテハゴシップンデヨ》」

「嘘はいけません！」思わず日本語を口走ってしまったからか、能登は気まずそうに咳《せき》払いをした。「むう。韓国語の上達がめざましいですな。発音も抑揚のポイントが正確です。平音《へいおん》と激音《げきおん》、濃音《のうおん》の使い分けもできるとは」

思わずにんまりとしてしまう。絢奈はいった。「ツアー旅行が韓国ばかりで、会話の練習にこと欠かなくて」

「感心ですな。しかし自粛期間が長かったので、添乗員に必要な機転のほうが錆《さ》びついてはいませんか。閃《ひらめ》きと直感、水平思考はどうですか」

「そっちはもともと大得意」

「なら試してみましょう。毎朝、駅で見かける異性に、一方的に恋をしていたけれども、春になったとたん夢は破れた。なぜですか」

「手袋を身につけなくなったせいで結婚指輪が見えた」

「『あなたが好きです』と書いたメールが届いたとたん、夢が破れた。これは？」

「相手のメアドが消去済みで、メールが戻ってきた」

解答が無数に考えられる場合でも、即答が義務づけられる。筋が通っていれば正解となる。これが水平思考、ラテラル・シンキングのトレーニング法だった。理屈ではない、頭に浮かんだ当て推量により、即座に答えを導きだす。機転はこのようにして鍛えられる。

能登の出題がつづいた。「カオリさんとマリコさんはよく会話し、マリコさんとナオミさんもよく喋《しゃべ》りあうが、カオリさんとナオミさんはまったく口をきかない。しかし三人とも仲良しだとすれば？」

「ナオミって名前、日本人とはかぎらないじゃん。ひとりだけ外国人で日本語がわからなかった。マリコはバイリンガル」

「ほう……。さすが生来の才能。いささかも衰えておりませんな」

「だからいったでしょう」絢奈は胸を張った。「もっと難しい問題をくださいよ」

「株式会社クオンタムの売上高が減少。なぜですか」

絢奈はふいに戸惑った。「そりゃ……。旅行自粛勧告とかいろいろあったし……」

「それは論理的な解答とはいえません。原因はまず契約単価下落と契約件数減少に分けられるでしょう。契約単価下落については、デフレというマクロ要因と、取引相手からの値下げ圧力なるミクロ要因に二分できます。契約件数減少は、旅行業界の自粛と、会社の競争力低下に分類が可能です」

いきなり難解になり頭がついていかない。絢奈はつぶやいた。「なにそれ……」

「これは論理的思考、ロジカル・シンキングによる分析です」

「論理嫌い。わたしが苦手なの知ってるくせに」

「浅倉さん」能登は真顔で見つめてきた。「ラテラル・シンキングの才能は非の打ちどころがありません。この能登の指導の甲斐《かい》あって、一般常識も知識も人並みに備わってきました。あなたに足りないのは論理的思考だけです」

「そうなんですか？」

「ラテラル・シンキングによる閃きに、ロジカル・シンキングの分析を組み合わせることで、より頼りにされる添乗員となるでしょう。いまはそれが課題です」

「ロジカルとかラジカルとか、きいただけで眠くなる」

「戦うことは未来を切り拓《ひら》くのと同義。それをお忘れなく」

「誰の格言ですか？」

「私のです」

「へえ、いい言葉ですね。メモしとこうかな、戦うことは未来を切り拓くのと同義……」

「ノートは学習内容の記録に使ってください。では論理的思考で物事を細分化する方法について、詳しく解説を……」

そのときドアごしに靴音をきいた。絢奈は立ちあがり、ドアに駆けていった。「那沖さんが帰ってきた」

　能登が不満げに呼びかけてくる。「まだ勉強は終わってませんぞ！」

　絢奈はかまわずドアを開けた。日比谷ロッジのロビーに意中の人がたたずんでいた。ほっそりと痩《や》せた長身を、オーダーメイドのスーツに包んでいる。長めの髪は猫毛を連想させるやわらかい質感を持ち、軽くうねっていた。細面とあいまって中性的に見える、透き通るような色白の顔。目は涼しく、鼻はつんと高く、サラブレッド特有の育ちのよさを誇る。長く伸びた脚のせいか、歩調も軽やかで優雅。

　思わず心が躍る。絢奈は両手を広げた。「那沖さん。おかえりなさい！」

　ところが那沖は力なく笑っただけだった。浮かない表情で那沖はささやいた。「絢奈。ちょっといいか」

「え？……はい」絢奈は能登を見た。能登がうなずくと、絢奈は会釈をしてロビーにでた。

　ロビーで絢奈は那沖とふたりきりになった。那沖がためらいがちに告げてきた。

「韓国に渡った未成年者について、いろいろ問題が起きてることは知ってるよな？」

「芸能界の話？　練習生が栄養失調状態で見つかったとか……」

「そう、それだ。きょう霞が関で会議があった。じつは今後、韓流芸能をセールスポイントとする旅行ツアーの集客ができなくなる」

　絢奈は衝撃を受けた。「ほんとに？」

「ああ。ツアーの日程に、芸能界がらみのものはいっさい入れられない。芸能人のグッズを売るショップに立ち寄ることさえ問題視される。コエックスSMTOWN《タウン》にも行けない」

「そんなぁ。ソウルツアーは盛況だったのに……」

「だよな」那沖は申しわけなさそうな顔になった。「僕の力が足りなかったせいだ。悪いことをしたと思ってる。ソウルの買い物と史跡めぐりだけじゃ、ツアー単価もそんなに高く設定できないだろうし……。旅行会社が儲《もう》からなきゃ、添乗員派遣会社の収入にもつながらない」

　暗い奈落《ならく》の底に沈みこんでいくのを自覚する。去年ツアー旅行が軒並み中止になった、ウイルス騒動の悪夢以来の失意かもしれない。添乗員は旅行がなければなにもできない。人の役にも立てない。また家に引き籠《こ》もるのみなのか。

　それでも那沖のうつむく姿を眺めるうち、悲観してばかりはいられない、そうも思えてきた。

　テテやベッキョン似のイケメンで、心底やさしい那沖と婚約していて、なにを不満に思うことがあるだろう。大変なのは観光庁の役人である那沖も同じだ。最愛の人を励ましてあげられなくてどうする。

絢奈は微笑した。「心配しないで。那沖さんのほうこそ、元気だして。きっとまた状況はよくなる」

「すまない……。本当は僕がきみを支えなきゃいけないのに」

気遣いをしめしてくれるだけで充分に思える。絢奈は黙って那沖と見つめあった。

するとドアがふいに開いた。ふたりはあわてて距離を置いた。絢奈は素知らぬふりをした。なぜか顔が火照《ほて》ってくる。

能登はカバンを携えていた。「おふたりとも、夕食はこれからでしょう。クルマをおだしします」

那沖が当惑ぎみにいった。「どこにもディナーの予約はしてないけど」

「案ずるには及びません」能登が歩きだした。「いつも空《す》いている、雰囲気のいい店を知っております。たまにはゆっくりなさるのもいいでしょう」

絢奈は狐につままれたような気分で那沖を見つめた。那沖も同感だという表情で見かえした。直後ふたりは笑いあった。能登は頑固そうに見えながら、半ば唐突に配慮をしめしてくれたりする。たぶんサプライズ好きなのだろう。

静寂に包まれたロビーを、絢奈は那沖とともに歩きだした。残念なことに、この幸せから生じるエネルギーを、誰かの喜びのために役立てる機会が減ってしまう。しかし募集が終わっているツアーまで中止にはならないだろう。残り一回でも二回でも全力を尽くす。いま華やぐ心があればこそ頑張れる。

6

正午前、絢奈は株式会社クオンタムの社内にいた。パーティションの前に、大勢の社員が群れをなしている。みな間仕切り越しに耳をそば立て、社長室の会話を盗み聞きしているようだ。そのなかに妃華莉や美波もいた。ふたりは絢奈に気づいたらしく、さかんに手招きしてきた。しようがないな、絢奈はそう思いながらもパーティションに近づき、盗聴の集団に加わった。けさから旅行会社の重役が訪問中だ。これからどうなるのか気にならない社員はいない。

泉谷社長の声がきこえてくる。「まったく。やっと好調になってきたのに、また政府の横槍《よこやり》とは」

紙の音がした。芹沢部長が書類をチェックしているようだ。「SBSの『THE SHOW』観覧禁止は痛いですな。『ソウルミュージックアワード』と『ゴールデンディスクアワード』には、BTSやTWICEも出演するのに、いっさいツアーを組むなというんですか」

旅行会社の重役らしき声が応じた。「仁川《インチョン》でコンサートが開催される日には、現地に立ち寄る日程を組むなと指図された。チラシに明記してなくても、コンサートめあての客が集まるのは必至だからな」

泉谷社長が忌々しげに唸《うな》った。「抜け道までふさがれたわけか。なら残るは釜山《プサン》経由で行く大邱《テグ》チメクフェスティバルぐらいか。チキンとビールだけで客を釣れって?」

若い社員の声が否定した。「それもダメです」

「なぜだ?」

「SEVENTEENのライブイベントがあるので」

役員たちのため息がきこえる。パーティションの手前、絢奈の周りでも、同僚たちがそろって落ちこんだ表情を浮かべた。

芹沢部長のだみ声が吐き捨てた。「こんな馬鹿な話があるか。鍾路や大学路《テハンノ》の小劇場すら立ち寄れないとある。あのへんはK－POPと関係ないだろ」

泉谷社長が鼻を鳴らした。「どのみち小劇場の演劇観覧じゃツアー客は集まらん。それにしても番組収録がない日のKBS見学コースまで禁止とはな。江南《カンナム》のKスターロードも当然行けないんだろ？」

また社員の声が困惑ぎみに応じた。「江南ドルという、タレントがらみのオブジェめぐりが問題視されますからね。飲食店もソウルカップやYGリパブリックには行けません。過去にStray KidsやBIGBANGが店内で目撃されたので」

「おい！　タレントがいたというだけでダメなのか。店という店をツアーから外さなきゃならなくなるぞ」

旅行会社の役員が物憂げな声を響かせた。「うちもドラマのロケ地めぐりツアーをやめることになった。コン・ユのドラマで使われた鍾路のBBQプレミアムカフェは、もう売りにできん」

「なら」芹沢部長が声を荒らげた。「景福宮《キョンボックン》もNGのはずでしょう」

「いや。景福宮はだいじょうぶだそうだ」

「なんですかそりゃ。時代劇のロケ地はかまわないってことですか。どういう基準なんです？」

「とにかく」旅行会社の重役が咳《せき》払いをした。「うちも含めほとんどの会社が、禁止前の駆けこみ需要に賭《か》けることにした。ツアーの募集人数を思いきって増やし、一回の収益を大幅にアップさせる。ついては規模の大きなツアーを組もうと思うんだが」

泉谷社長がふいに声を弾ませた。「それはぜひ！」

旅行会社の重役の声がささやきに転じた。同僚たちがいっせいにパーティションに身を寄せる。絢奈もそれに倣った。かろうじて重役の発言がききとれる。「大勢のツアー客を集め、大成功だったというクチコミが広がれば、政府も経済効果を認め、考えをあらためるかもしれん。腕利きの添乗員を複数そろえてほしい」

芹沢部長が声を張った。「もちろんですとも。うちの三大看板娘、浅倉絢奈と榎本妃華莉、松永美波をいっぺんに貸しましょう」

美波がふてくされた顔をした。妃華莉もしかめっ面になった。むろん絢奈も同感だった。美波を泣かせておきながら、危機が去ったとたん、もうけろりと忘れてしまったらしい。貸しましょうだなんて、部長の所有物でもないのに。

そのときパーティションに身を寄せる社員の群れが、唐突に体勢を崩しだした。みな手足をばたつかせながら、口々にあわてる声を発した。おい、押すな。危ない、倒れる。パーティションの向こうでも役員らが動揺しているようだ。なんだ。なにが起きてる。壁が倒れてくるぞ。

絢奈はとっさに両手を伸ばし、妃華莉と美波の腕をつかむと、身を翻し群衆のなかから脱出した。後方で職場仲間たちが将棋倒しになった。パーティションが社長室を潰《つぶ》すや、社長を含む役員たちの絶叫が響き渡った。なかでも芹沢部長のだみ声はひどかった。

辺り一帯が埃《ほこり》まみれになった。あちこちで咳がこだまする。ほとんど水平になったパーティションの上、同僚たちが折り重なって倒れている。全員が手で空を掻《か》きむしり、なんとか身体を起こそうとする。コントのような大騒ぎのなか、絢奈たち三人はしらけた気分で立ち去った。

通路を歩きながら妃華莉がいった。「むやみにお客さんを増やすツアーだなんて。ろくなことが起きそうにない」

美波もうなずいた。「それ以前に、ほんとにお客さんが集まるかどうか」

そこが心配だと絢奈は思った。旅行業界の駆けこみ需要狙いはあきらかだが、それでもツアーに参加したいという人は、果たしてどれくらいいるのだろう。大規模ツアーなんて話にならない。番組観覧に全員が入りきれないのは自明の理なのに。

7

横浜《よこはま》線の鴨居《かもい》駅から徒歩十分、古びた家屋が連なる住宅街に、どこか浮いて見えるデザインハウス風の三階建てがある。稼ぎのいい姉のおかげで新築できた一軒家、そこが絢奈の実家だった。

夜七時半、両親はまだ帰ってきていない。絢奈はテレビに接続したニンテンドースイッチに興じていた。ラテラル・シンキングのおかげで、つねきちの嘘にいちどもだまされることなく、いまや移住先の島を大都会に成長させた。

リビングルームには姉の乃愛《のあ》もいた。ジャージに着替え、バランスボールで身体を鍛えている。いつもながらモデル並みにスレンダーな体型がうらやましく思える。長く伸ばした黒髪も美しく映えていた。目鼻立ちがきりりとして、どの航空会社のキャビン・アテンダントにもひけをとらない。

乃愛はバランスボールの上に寝そべり、ツイストしながらいった。「絢奈」

「なに?」

「あんた、武蔵小杉《むさしこすぎ》のタワーマンションに帰らなくていいの?」

「あー。あそこは水害で駄目になっちゃって、新居を探してる」

「それでずっとうちにいたの」

「そんなに嫌がらないでよ。お互いさまだし」

「べつに嫌とはいってないけど」乃愛は身体を起こし、バランスボールに座ると、腰を前後左右に動かした。「休みが長すぎて身体がなまってる。あんたも走りこみぐらいしたら?」

CAの姉は国際線の減便中、ほとんど家でふてくされていた。いまは生気を取り戻しつつある。添乗員の絢奈のほうは、少し早めから国内旅行の仕事に恵まれていたものの、またモチベーションが低くならざるをえない。

乃愛がふと思いついたように告げてきた。「そういえばさ、ソウルへの直行便、ずいぶん減らされちゃって」

「へえ。やっぱり?」

「ひとりで乗ってる十代の子を見つけたら、積極的に話しかけろっていわれてるの。もし芸能活動目的の渡韓だとわかったら、やんわりと注意をうながせって」

「お姉ちゃんもそうしてるの?」

「まだそんな子に会ってない。でも本人の意思だろうし、親も賛成してるっていわれたら、ＣＡになにができるっての？　十代が相手の補導員なんてＣＡの役目じゃないって」

玄関のチャイムが鳴った。乃愛がため息とともに立ちあがり、壁のインターホンに向かう。ボタンを押し応答した。「はい」

那沖の声が低くささやいた。「夜分遅くすみません。壱条です」

絢奈ははっとして跳ね起きた。乃愛もあわてぎみに手櫛《てぐし》で髪をとかし、インターホンに応じる。「ど、どうも。こんばんは。絢奈ならいますけど。ちょっとおまちください」

そそくさと廊下にでた乃愛が、階段を駆け上っていく。ジャージ姿では顔もだせないと思ったらしい。那沖が乃愛に会いにきたわけでもないのに、あいかわらず自意識過剰な姉だった。

リビングをでた絢奈は玄関に急いだ。サンダルを履き、解錠してドアを開ける。静寂に包まれた夜の住宅街に、スーツ姿の那沖がたたずんでいた。玄関前でふたりは向かいあった。

絢奈は思わず笑顔になった。「那沖さん。こんな時間にわざわざ……。能登先生は？」

「きょうはクルマじゃないんだ」那沖が穏やかにいった。「電車で来たんだよ、ひとりで」

「へえ。那沖さんがめずらしい……」

「ソウル行きの大人数ツアーに添乗するんだろ？　きいたよ。出発前にどうしてもいちど会っておきたくて。なにか困ったことは？」

「平気」絢奈は左手の薬指に嵌《は》めた婚約指輪をかざした。暗がりのなかでもダイヤが光を放つ。「いつも那沖さんと一緒にいる気がするから」

那沖は照れたような微笑を浮かべた。「元気そうでよかった」

背後で玄関のドアが開き、姉が姿を現した。さすがの早着替えだった。乃愛は清楚《せいそ》なブラウスにスカート姿、長い髪もきちんと整え、最低限のメイクを施してきている。CAさながらの微笑みで会釈する。那沖が戸惑ったようにおじぎをかえした。

乃愛が那沖にきいた。「絢奈を迎えに来られたんですか」

「いや。ちょっと寄っただけだよ」

「そうですか……。あのう。つかぬことをおうかがいしますけど。妹との結婚はいつになりますか」

絢奈は言葉を失った。那沖も当惑したようすで目を泳がせた。

「いや」那沖が口ごもった。「あのう……。いつといわれても、世間もいろいろあったし、まだ具体的な日程は」

いつまで経っても学生デートのような気分が抜けきらない、お互い二十代の社会人なのにアオハルを満喫している、それがふたりの関係だった。いざ結婚となると、両家の格差もあって、なかなか一歩が踏みだせない。絢奈はおずおずといった。「ふたりとも働いてるし……。し、式とかもちゃんと段取りをつけないと」

「式？」乃愛が疑い深げなまなざしを向けてきた。「結婚式とか披露宴？　真剣に考えてる？」

「考えてるよ、そりゃもう」

「そうすると、あの……。誓いのキスとかもするの？」

微妙な空気が漂う。自分からいいだしておきながら、乃愛は顔を赤らめている。絢奈はうろたえながら那沖を見た。那沖も動揺を隠しきれない表情で見かえした。

絢奈はあわてぎみに応じた。「ああいうのって、なりゆきまかせじゃないの？」

「なりゆきって」乃愛が眉《まゆ》をひそめた。「京都の叔父《おじ》さんとか、絶対にキスコールを扇動するよ。囃《はや》し立てられるなかでするつもり？」

「あー……。それはちょっと嫌かも」

那沖が苦笑した。「キスコールってのはおかしな習慣だよね。日本特有だよ」

すると乃愛が首を横に振った。「そうでもないですよ」

絢奈は驚いた。「なにが？」

乃愛がスマホをとりだし、タッチパネルに触れた。何度か指を滑らせたのち、画面を絢奈と那沖に向けてきた。

「ほら」乃愛がいった。「これ、ドラマの『百年の花嫁』第四話。男女を囲む若者たちがリズミカルに「키스해《キスヘ》！キスしろ《ヘ》！　キスへ！　キスへ！」と連呼している。

乃愛が澄まし顔で説明した。「日本ならキース、キースの連呼だけど、むこうは命令形。キスへ」

「へえ……。知らなかった」絢奈は那沖に目を向けた。「ね？」

那沖は困り果てた顔でうなずいた。「ま、まあね」

夜の住宅街の静けさに響き渡る、韓国語のキスコール。乃愛はずっとスマホの動画を再生しっぱなしにしている。なんとも気まずい。

そう思っていると、乃愛がしだいに醒《さ》めた顔になってきた。スマホを指で操作すると、キスコールはやんだ。乃愛は那沖におじぎをすると、ごゆっくり、そういって玄関ドアの向こうに引っこんだ。

姉の感情にはよくわからないところがある。いや充分に理解できている、そうも思えてくる。那沖はきょとんとしていたが、乃愛がもともと思いを寄せていたことなど、まるで気づいてもいないのだろう。

那沖がきいた。「お姉さん、どうかした？」

「さあ」絢奈はしらばっくれて受け流した。

「そっか」那沖は気を取り直すように、ネクタイの結び目に触れた。「きょうまた国交省と観光庁の合同会議があった。旅行各社が駆けこみ需要狙いのツアーを企画したことに、関係省庁はあまりいい顔をしてない」

「でしょうね……」

「たった一件でも問題が起きれば、韓国への観光旅行を当面のあいだ、全面禁止にする方針だって」

「全面禁止？　韓国旅行ができなくなるの？」

「ああ。ちょっとしたトラブルが発生しただけで致命的だ」

「なんでそんなに……」

「ピリピリせざるをえない理由があるんだよ。韓流への憧《あこが》れが未成年者を危険にさらしてる、政府はそんな認識だ。ほかにもいろいろ両国間の問題が積み重なってきたのが、これを機に不満が噴出してる」

韓流が目の敵にされるような状況で、韓流を売りにしたツアーを率いる。しかもささいな失態すら許されない。なんとも責任の重い仕事だった。

絢奈は那沖を見つめた。「それを伝えるためにわざわざ……」

「心配でね」那沖の気遣いに満ちたまなざしが絢奈をとらえた。「たかが観光旅行に、政治問題が過剰なほど絡んできてる。添乗員の仕事、今回は断ってもいいんだよ。旅はなにが起こるかわからないんだし」

たしかに困難な旅になりそうだった。しかしそれだけに燃えてくるものがある。無事に乗りきれば、韓国旅行への風当たりも弱まるかもしれない。観光庁の那沖が気を揉《も》まなくてもよくなる、そんな状況をめざすべきだ。

「だいじょうぶ」絢奈はにっこりと微笑んでみせた。「これこそ添乗員の本望って感じ。無事に成し遂げてみせるから」

8

朝八時、羽田《はねだ》空港の国際線出発ロビーに絢奈はいた。妃華莉や美波とともに寄り添って立つ。テンションはかぎりなく低かった。

萎《な》える最大の理由はメイクと服装にある。三人とも朝早くから新大久保《しんおおくぼ》に行かされ、本来ならまだ開いていない美容室で、オルチャンメイクを徹底的に施された。さらに髪をブリーチした結果、絢奈は完全に金髪と化した。妃華莉のストレートロングのヘアは純白に近い銀髪、美波のツーサイドアップにした髪も真っ赤に染まっている。

バスガイドっぽい紺のスーツは、生地こそ前と同じだが、やたら窮屈なシルエットに仕立て直してあった。身体の線が浮きでているうえ、タイトスカートの丈もやけに短い。添乗員までK-POPのガールズグループ調にするという、旅行会社の決定を支持した泉谷社長に対し、もはや憎しみしか湧かない。

三人はあらためて互いに顔を見あわせた。美波が困惑ぎみにささやいた。「韓国風メイクってこんなんだっけ……？　前髪ぱっつんにして、垂れ目っぽくするんじゃなかった？」

　妃華莉がにこりともせずに応じた。「それもうだいぶ昔。いまは大人っぽくしたうえで、ツヤ肌が流行《はや》りだって」

「ツヤ肌っていうより、てかってんじゃん。暗いところで懐中電灯がいらないぐらいに」

　絢奈もすなおな感想を口にした。「なんだかふたりとも、ぼやっとした表情に見えるんだけど。眠たそうっていうか」

　美波が情けなさそうに苦笑した。「絢奈も同じ。メイクさんの話じゃ、アンニュイに仕上げるのがポイントだってさ。でもアンニュイっていうより睡眠不足っぽい。囲みシャドウが濃すぎるせいじゃない？」

　妃華莉が視線を落とした。「このスカートもなんていうか……。ブランケットでも持ち歩く？　K-POPのガールズグループって、みんなブランケットを膝《ひざ》に載せてるよね。バスから降りるだけでも下半身を覆ってもらったり」

「んー」美波もスカートの裾《すそ》を気にする素振りをした。「そのわりにはやたらとしゃがむ振り付けが多いんだよね。いったいどんな基準なんだろ。文化のちがいかな」

　K-POP風の添乗員というより、AOAが七人で踊っていたころの衣装っぽく思える。ようするにセンスが少し古い。この格好でソウルの街なかを歩くことになるのか。先が思いやられる。

憂鬱《ゆううつ》なのは自分たちの外見ばかりではない。美波が深刻そうにいった。「あのさ。もうそろそろ集合時間だと思うんだけど」

「だよね……」絢奈は背後を振りかえった。

場所だけは広くとってあるが、ロビーの一角はがらんとしていた。まだひとりも集まらない。妃華莉の手にしたクリアホルダーに挟んである名簿も、たった一枚でしかない。しかも記載されたツアー参加者の名は九人のみ。

妃華莉がぼそりとこぼした。「なんで集まらなかったんだろ」

美波はもう吹っきれているのか、さばさばとした態度で応じた。「ニュースが連日、練習生問題を報じて、ソウル旅行を躊躇《ちゅうちょ》させる空気がひろがってるからでしょ。今回の目玉になるはずの番組観覧も弱いし。せっかくの『Mカウントダウン』だけど、今週にかぎって有名どころのカムバがなくて、出演者がいまいち」

しかもMCまでが臨時の代行、無名の新人ときている。韓流をタブー視するご時世に、見るべきところがない二泊三日の旅。参加したがるのはよほどの物好きだけだろう。

にもかかわらず過去最大規模のツアーを企画するとは、旅行会社の判断に開いた口がふさがらない。最少催行人数を九人としていたため、ツアーの中止さえかなわなかった。むろん関係各社は大幅な赤字にちがいない。

遠くから母と娘とおぼしき女性ふたりが歩いてくる。娘は高校生ぐらいだろうか。オルチャンメイクのせいで、一見してK－POP好きとわかる。だが歩き方は上品で、服装もきちんとしていた。おそらくふだんは真面目な暮らしぶりの親子に思える。

三十代後半ぐらいの痩《や》せた男性が歩調を合わせていた。母娘《おやこ》ふたりと親しげに話しているため、家族かと思ったが、しだいに無言となり距離を置きだした。男性は韓国産とおぼしき柄シャツを着ているものの、派手すぎず無難にまとめたファッションで、こちらも日常はスーツ姿の勤め人だろうと想像できる。髭《ひげ》もなく色白で身綺麗《ぎれい》な印象がある。

三人がこちらに近づいてくる。絢奈は内心ほっとした。ツアー参加者にちがいない。以前にもどこかのイベントかなにかで、交流があった仲なのかもしれない。まともそうな参加者たちでよかった、すなおにそう思った。

ふいに別の男性が目の前に入りこんできた。「あのぅ」

眼鏡をかけた中肉中背、これといって特徴のない三十前後だった。表情もはっきりしない。

「はい」絢奈はとっさにかしこまった。「ソウル行きツアーのお客様ですか」

男性がほっとした顔になった。「誰もいないけど、そんな格好をしてるから、もしかしたらと思って」

妃華莉と美波が笑顔で頭をさげ、おはようございますとあいさつした。美波がたずねる。「お名前は？」

「川添隆朗《かわぞえたかあき》」

絢奈は妃華莉が手にしたクリアホルダーを一瞥《いちべつ》した。三十一歳、岐阜県在住。あるガールズグループが、今回の『Mカウントダウン』に出演するかどうか、旅行会社に何度となく問い合わせてきた。メモ書きにそうあった。

美波が川添に話しかけた。「あいにくお目当てのグループの出演はないようですが、それにもかかわらずツアーに参加してくださり、本当にありがとうございます」

川添はさも残念そうな顔になった。「そろそろカムバにちがいないと思って、貯金を使わず貯めてたのに、ソウル行きのツアーがなくなるっていうから……。出演がなくても観覧しとこうと思って。せめて次の出演まではツアー募集をつづけてくれりゃいいのに……」

カムバとはカムバックのことだ。引退後に復帰するという意味ではない。K-PO

Pの世界では新曲をひっさげてメディアに登場するたび、その状況をカムバックと呼ぶ。

ぶつぶつと愚痴をこぼすうち、川添は不満を募らせてきたように見える。絢奈はきいた。「ごひいきのグループは、いまどこでなにをしてますか」

「ええと、すぐにわかるよ。メンバーのインスタもぜんぶフォローしてるし」川添はスマホをいじった。しばし黙って画面上に指を滑らせていたが、そのうちゆっくりと遠ざかりだした。

一途《いちず》にひとつのグループを追いつづけるファン《ペン》は、いまこの瞬間もメンバーの動向を気にかける。したがってそちらに思いを向けさせれば、ひとりの世界に浸りきる。ソウル旅行の添乗員にとっては常識だった。川添のようなタイプはその典型といえる。愛するグループのデビュー日もメンバーの誕生日も忘れない。原則そのグループのためだけに金を遣う。一方でほかのグループやタレントのことはまるで知らない。

二十代後半の女性が歩み寄ってきた。こちらもオルチャンメイクで、韓流好きのユーチューバーのような笑顔を向けてくる。「わたしもツアー参加者です。菊間《きくま》亜弓《あゆみ》といいます」

添乗員三人でおじぎをした。菊間亜弓、名簿によれば京都出身の二十八歳。妃華莉がたずねた。「今回の出演者のなかに推しがいますか？」

「いえ。特に誰のファンってわけでも……。でも来月だったらEXO《エクソ》やプロミスナインのカムバだったんですよね？　再来月ならたぶんNCT127《イリチル》の」

「シズニーなんですか」妃華莉は目を輝かせた。「誰のペンですか」

ところが亜弓は微妙に笑みを凍りつかせた。「ええと……。誰のファンというわけでもなくて……。有名どころを知ってるだけっていうか」

面食らったようすの妃華莉を見て、絢奈は美波と笑いあった。わざわざペンといったのに、お客様からファンと返されてしまった。NCT127のファンを指すシズニーという呼び方も、亜弓にはピンとこなかったようだ。

広く浅くK－POP好き、そのときどきの流行に敏感で、グッズはわりと買いあさる。過去のツアーでもお馴染《なじ》みのタイプといえる。

さっき遠くに見えていた母と娘が、ようやく目の前に近づいてきた。母親のほうがいった。「おはようございます。ソウル行きのツアーは……」

絢奈は笑顔で応じた。「はい。こちらです。おはようございます」

「お三方ともすごいメイク……。どんなグループのコスプレですか」

「いえ、特に誰というわけではなく……。お客様のお名前をうかがってもよろしいでしょうか」

「福田瑞帆《ふくだみずほ》といいます。こちらは娘の優里菜《ゆりな》」

　また名簿で確認する。母親は四十歳、娘は十六歳。福岡県からの参加だった。絢奈は無難にBTSのファンかどうかをたずねた。「アーミーですか？」

「好きですけど、よく観てたのはデビュー当時で」瑞帆が笑った。「いろんなグループのデビューシングルばかり家にあるんです」

　あー、いわゆる雑食系。古参ファンともいえるが、話題のグループについてまんべんなく、人気絶頂になる以前に好きになったことがある。絢奈は冗談めかしながらきいた。「熱しやすく冷めやすいとか？」

「さあ。メンバーがどうしよう《オットケ》って感じを漂わせる新人のころが、いちばん面白くないですか。オッパとかいわれるようになって、日本デビュー《イルデ》を果たすぐらいまでがピークに思えて」

　娘の優里菜が照れくさそうに苦笑する。母親の言葉に、K-POP好きに特有の韓国語が交ざるからだろう。絢奈は優里菜にも問いかけた。「今回の『Mカウントダウン』に推しはいる？」

　優里菜は年齢のわりにクールな受け答えをした。「番組の雰囲気が好きなので、出演者は誰でも……。それより東大門《トンデムン》のショッピングが楽しみ」

「そうなの？」

母の瑞帆がうなずいた。

「韓国の番組で見かけるようなファッションアイテムが、新大久保じゃ手に入らないんです。東大門あたりなら見つかるかもって」

ソウル旅行が初めてとは思えない。この親子には特に説明することもなさそうだった。絢奈は頭をさげた。「ツアーへのご参加、本当にありがとうございます。どうか二泊三日の旅を存分にお楽しみください」

さっき福田母娘と一緒に歩いていた男性が申しでた。「隅駒璋《すみごまあきら》といいます」

隅駒璋。名簿によると、埼玉県に住む三十八歳、会社員とのことだった。美波が隅駒にきいた。「福田さん親子とはお知り合いですか」

「いえ。なぜですか」

「こちらに歩いてくるとき、言葉を交わされていたようなので」

「ああ」隅駒が笑顔になった。「どこが集合場所だろうかと迷ってたら、おふたりも同じような顔をなさっていたので、話しかけたんです」

集合時間に団体が見当たらなかったことが原因だった。福田母娘も苦笑いを浮かべている。

美波は気まずそうな顔になった。「わかりにくくて申しわけありません。隅駒さんはK－POPがお好きなんですか。奥様の影響とか？」

「独身なんです。今回『Mヵ』にでる新人グループを応援してて、SNSに専用のアカウントも持ってます。もっと広く知られるべきじゃないかと」

趣味でグループを宣伝し、人に知らしめるのが好きなタイプだった。新人を育成しているような気分に浸れるらしい。番組名を『Mヵ』と略すのも、長いファン歴を感じさせる。少なくとも番組観覧を楽しみにしているツアー客が、ようやくひとり見つかった。その事実にこそ安堵《あんど》させられる。

少し離れたところに若い女性がふたり、互いに距離を置いて立っていた。知りあいどうしではないらしい。ひとりは二十代半ば、黒髪で眼鏡をかけ、頰が痩《こ》けている。もうひとりは十代後半の女子高生風で、絶えずスマホをいじっていた。ふたりとも仏頂面で、添乗員に歩み寄ろうとはしてこない。

まず眼鏡の女性に近づく。絢奈は会釈をした。「おはようございます。ツアーにご参加ですか」

「いちおう」

「お名前は?」

「鶴原鞠華《つるはらまりか》……」

妃華莉が名簿を手渡してきた。鶴原鞠華、二十六歳。神奈川県在住。絢奈は愛想よくきいた。「K-POPがお好きですか」

「べつに」

そのわりにはコンサートグッズの小物をファッションに取りいれている。推しのグループもだいたいわかった。ぶっきらぼうな鞠華に対し、絢奈の悪戯《いたずら》心が働いた。

「SNSのアカウントを複数作ってますね」

鞠華がぎくっとした顔になった。「なんで……?」

図星だったようだ。絢奈はあえてなにもいわず、微笑とともに鞠華の前を離れた。鞠華のように無関心を装いたがるファンは、推しへの思いをぶちまけるための別アカウントを持ちがちだ。

絢奈は十代後半の女の子に対しても、おはようございますと声をかけた。女の子はスマホから顔をあげ、仲村尚美《なかむらなおみ》と名乗った。静岡県から来た十七歳の女子高生だった。尚美も今回の番組観覧に、推しメンバーが出演するといった。ところが絢奈がそのメンバーを知っていると答えると、なぜか尚美はショックを受けたようだった。

「なんで？」尚美は茫然《ぼうぜん》とした顔になった。「どうして知ってるの？」

「どうしてって」絢奈は当惑とともに応じた。『ミュージックバンク』の一位候補にもなったことがあるし、わりとMVも見かけるようになったし」

「ああ……」尚美は残念そうにうつむき、またスマホに目を戻した。「そう」

絢奈はおじぎをしてその場を離れた。尚美はおそらく、推しがマイナーなままでいてほしいと願うタイプなのだろう。世間の流行になるのを歓迎しない。にわかファンが爆発的に増える状況を忌み嫌う。よってライブの会場が狭いことを喜んだりする。

性格は人それぞれだが、K－POPファンに共通する雰囲気というものはある。ふだんサイン会やハイタッチ会のためにCDをいくらでも買い、新曲のたび声援を予習する熱さを誇る。それでいて突然の脱退や解散に慣れているせいか、悟りを開いた僧のように冷静な横顔も持つ。推しが兵役に行く事実を受けいれ、除隊日を黙して待つという、母のごとき忍耐強さも備える。身長から順位まで、かの国の発表する数字は当てにならないと知りながら、それを許す心の広さもある。

戸惑いがちにたたずむ別の女性に気づいた。こちらの年齢は二十代前半、オルチャンメイクではなく服装もOL風だった。それでも絢奈に声をかけたがっているように思えた。目が合ったのを機に、絢奈はおじぎをしてみせた。

女性も会釈した。「池嶋範子《いけじまのりこ》です」

名簿に記載があった。池嶋範子、二十二歳、東京都杉並《すぎなみ》区在住。絢奈は微笑みかけた。「ようこそおいでくださいました。ソウルは初めてですか？」

「そうです。なぜおわかりに……」

「韓国の服もアクセサリーも身につけておられないし、手荷物もちがいます。化粧品も韓国製じゃないですよね？　リピーターにはそういう人がいないので」

「ああ」範子は目を細めて笑った。「おっしゃるとおりです。仕事の休暇がとれたので、行ったことのないソウルへ行こうかと」

「するとK‐POPに興味は……」

「テレビで観るていどです……。きょう出発して、二泊三日で帰ってこられるソウル旅行が、これしかなかったので。場違いでしたか？」

「とんでもない！　番組観覧があるだけで、ほかは真っ当なソウルめぐりですよ」

範子はほっとしたような反応をしめした。全員こういう参加者なら楽なのに、絢奈はひそかにそう思った。

そのとき、ずんぐりと太った中年男性が目の前を横ぎった。男性は妃華莉に声をかけた。「おい」

「は、はい」妃華莉があわてぎみに応じた。「なんでしょう」

「ソウル行きのツアーは？」

「あー、おはようございます。ご参加のかたですか」

「集合場所の旗かプレートか、なんでもいいけど、もっとでっかいのを作っとけよ。さんざん探しちまっただろうが」

美波がむっとする一方で、妃華莉のほうは笑顔を保ち、さも恐縮したようにいった。「申しわけございませんでした。あのぅ、お名前は……」

「井《い》関《ぜき》博幸《ひろゆき》」

絢奈は名簿に目を落とした。長野県から来た五十六歳。職業欄にはなにも書かれていなかった。頭髪が薄く、服はカジュアルというよりありあわせ、腹がだらしなく出張っている。高圧的な態度をとる中年男性は、海外ツアー旅行につきものだった。たぶん音楽的なことはなにもわからない。K－POPガールズグループのセクシーさに魅せられて、いつしか嵌《は》まったタイプだろう。たずねるまでもなく独身と想像がつく。若い女が好きな一方、優越感を誇示しないと気が済まない。そんな大人げない心理の持ち主が多い。いまも井関は人目をはばからず、妃華莉と美波に食ってかかろうとしている。

絢奈はすばやく割って入った。「井関さん、おはようございます！　ここが集合場所だと、よくお気づきになりましたね」

「わかりにくいんだよ」井関は吐き捨てた。「ここにいる子たちが、ベーターカプセルみたいなのをリュックに下げてるんで、たぶんツアー客だろうと……」

「ベーターカプセル！」絢奈は満面の笑みで声を張った。「井関さん。ハヤタ隊員じゃないんだから」

「お、おう」井関の顔から怒りのいろが消えていき、笑いがこぼれだした。「よく知ってんな、そんなこと」

「日本人なら常識ですよ。さあ井関さん、列に加わってください。みなさん一列になって。九人全員そろいましたね。あらためまして、おはようございます。ツアーに添乗させていただきます浅倉絢奈です。こちらのクールな銀髪が榎本妃華莉、赤いツーサイドアップが松永美波。どうぞよろしくお願いします。移動しますので、はぐれないようについてきてください」

絢奈は歩きだした。後方を振りかえると、九人のツアー客らはちゃんと列をなし、おとなしく絢奈につづいてくる。井関はいちばん後ろだったが、もう不満そうな顔もなく、歩きながら満足げにロビーを見まわしている。

　妃華莉と美波が追いかけてきて、絢奈の横に並んだ。美波が感嘆の声でささやいた。

「びっくり。あのおっさんを黙らせるなんて。ベータ－カプセルってなに？」

「K－POPの応援棒《ペンライト》のこと」

　中高年の旅行客に対応するため、昭和の通俗的な話題はひととおり学習してある。ツアー旅行では毎回役に立つ。ベータ－カプセルは応援棒に形状が似た、ウルトラマンの変身道具だった。ハヤタ隊員はベータ－カプセルを光らせ、ウルトラマンに変身する。

　K－POP好きになった理由がなんであれ、ソウル行きツアーに参加していれば、それが誰だろうとお客様だ。周りが若い参加者ばかりで、肩身の狭い思いをしているのなら、安心感を提供せねばならない。

　妃華莉がため息をついた。「さすが絢奈」

　これぐらいのことはなんでもない。絢奈は空港ロビーを歩きながら、いつもと異なる緊張を感じていた。少人数の旅行であっても気が抜けない。ほんのささいな災いが、日韓関係に亀裂《きれつ》を生じさせる。無事にツアーを終えること。いまはほかになにも考えられない。

9

二時間半のフライトを経て、ソウルの金浦《キンポ》国際空港に到着した。昼食は機内食で済ませた。正午すぎ、空港前に横付けされたバスに搭乗する。

三十人乗りの中型バスは空席だらけだった。本来なら何台も連なって移動するはずが、たった九人の予約しかなかったため、一台を除きキャンセルした。バス自体も小型化したかったのだが、旅行会社が違約金を払いたくないばかりに、中型のままになったらしい。

松永美波は八王子南《はちおうじみなみ》高校を卒業後、添乗員派遣会社に入った。見習いを経て資格を取得し、添乗員になった。韓国語は勉強したものの、ソウル旅行の添乗はまだ五回目で、いまだ新鮮に感じられる。バスの窓から見える市街地は、東京によく似ているが、最も差を感じるのは人の歩みだった。

歩道が広くゆったりとしているせいか、みな歩くのが遅い。首都というのに、どこかのんびりとした雰囲気に包まれている。日本の地方都市、とりわけ広島あたりに近い印象があった。都会の周囲に山が連なるのが見える、そのせいかもしれない。K－

POPの豪快な力強さやスピード感とは対照的に、ソウルの街なかはいつものどかに感じられる。

もっとも車道はそのかぎりではない。片側二車線から三車線ある幹線道路は、東京に比べると走りやすそうだが、韓国人ドライバーの運転はやけに荒かった。路線バスもタクシーも急発進して割りこんでくる。ソウルで路線バスに飲み物の持ちこみが禁止されている理由は、その乱暴な運転にある。

いまツアーを運んでいるバスは、日本人の貸し切りということもあり、さすがにそんな動きはとらない。美波はマイクを手に、がらがらの車内を振りかえった。「まず景福宮で韓服《ハンボク》のコスプレ体験です」

静寂がかえってきた。誰もがしらけた顔をしている。美波はみずから「わー」といいながら拍手をしてみせたが、誰も手を叩《たた》かない。福田母娘《おやこ》や範子が苦笑しただけだった。

眼鏡をかけた鞠華が仏頂面できいてきた。「コスプレする店ってABC韓服?」

「ええと」美波は日程表を見た。「そうです」

「ああ」女子高生の尚美がため息まじりにいった。「いつもの」

美波は困惑せざるをえなかった。たしかにソウルのツアー旅行ではマンネリかもしれない。それでも一日目、景福宮で夕方まで時間を潰《つぶ》す予定は変えられない。そのあいだに今夜泊まる宿を探すのが添乗員の務めでもある。

妃華莉が美波に手を差し伸べてきた。助け舟をだしてくれるらしい。美波はアナウンスの役割を妃華莉にバトンタッチした。

マイクを受けとった妃華莉がツアー客に告げた。「きょうはたっぷり三時間ご用意してますから、余裕を持って散策していただけます」

男性客を中心にブーイングがあがった。根暗っぽい川添がさも不満げな声を発した。「僕たちはほかへ行っていいですか。コスプレとか自撮りとか興味ないんで」

妃華莉も言葉に詰まってしまった。すると絢奈が立ちあがり、妃華莉の手からマイクをもぎとった。

「ダメです」絢奈は微笑とともにきっぱりといった。「当ツアーでは男性も全員コスプレしていただきます。お店の衣装は男性用も豊富です」

中年男の井関が迷惑そうな顔になった。「俺もコスプレしなきゃいけないのか?」

「ええ」絢奈はうなずいた。「それともジャージでも着ます? そうしてもいいですけど、なにを着てるか連呼しながら歩いてくださいよ」

意外なことにバスの車内は笑い声に包まれた。美波は面食らった。妃華莉も目を丸くしている。だが絢奈はさばさばした態度で、美波にマイクをかえし着席した。すばやく話題を逸《そ》らし、ツアー客を笑わせることで、有無をいわせず予定を受けいれさせる。同い年なのに、もはやベテランの技だ。美波は舌を巻かざるをえなかった。

意味を理解しているのは全員ではないらしい。川添が周りの客にきいた。「なんで笑った？」

尚美はスマホをいじりながらつぶやいた。「常識」

鞠華も無表情で窓の外を眺めた。「知ってる」

真面目そうなOL風の範子は、きょとんとした顔を美波に向けてきた。「ジャージって言葉に、なにかおかしな意味があるんですか」

説明できるわけがない。美波は表情がこわばるのを感じた。「とにかくジャージといってはなりません。特に女性のかた、徹底してください」

バスは市街地の駐車場に停まった。コスプレ用の貸衣装店は近代的なビルの二階にある。

衣装といっても、男女とも着物のようにゆったりとしたデザインが多い。着替えるのではなく、上から着るだけでいい。ジャケットと荷物のみ、鍵《かぎ》つきのロッカーに預ける。ロッカールームは防犯カメラ付きで安心だった。女性客はみなチマチョゴリを選んだ。男性客のほうは、より日本の着物然とした礼服になる。添乗員はむろんコスプレしない。

九人全員が扮装《ふんそう》を終えた。それなりに楽しくなってきたらしく、ツアー客たちは互いに談笑を始めた。店をでて街なかを徒歩で景福宮に向かう。

ふだんなら行き交う人々の視線は、コスプレをした客たちに集中する。きょうはやたら添乗員ばかりがじろじろと見られる。妃華莉が居心地悪そうにしているのを見て、美波は自分たちの服装のせいだと気づいた。

美波は妃華莉に小声できいた。「これ、いまどういう状況？」

妃華莉が物憂げにささやいた。「浅草《あさくさ》で添乗員が『言い訳メイビー』のころのAKBの衣装を着て、韓国人ツアー客を率いてるのと同じ」

「最悪……」

けれども絢奈はひとり堂々とした態度を貫いていた。「さあみなさん。着きましたよ！　目の前にあるのが景福宮です」

幹線道路に面した巨大な光化門《クアンファムン》をくぐると、広大な地面がひろがっている。平安《へいあん》神宮の境内によく似ているが、規模は途方もなく大きい。正面に見える伝統的建築の興《フン》礼《レ》門《ムン》は、瓦《かわら》屋根が四隅で反りかえり、ここが韓国であることを意識させる。背景には青空と低く丸い山が連なる。まるで昔話を絵に描いたかのようだ。

広場には世界各国からの観光客らがまばらにたたずむ。コスプレをしているのは半分以下、アジア人の若者ばかりだった。

絢奈が声を張った。「午後四時にここに戻ってください！　それまで景福宮のなかを自由に散策できます。衣装を汚さないよう気をつけてください」

九人のコスプレ集団が散開し始めた。笠子帽《カッ》をかぶった井関が、黒巾青袍《フツゴンチヨンポボン》を着た隅駒に話しかける。「散策といっても、たいして時間が潰せそうにないな」

「そうでもありません」隅駒が愛想よく応じた。「ここはまだ入口にすぎないんです。奥へ行けば行くほど、たくさん建物があります。敷地内に博物館もあるんですよ」

「へえ。案外広いのか。たしかに五重塔みたいなのが見えてるな」

絢奈はツアー客らと距離を置き、スマホを耳にあてていた。「二泊で部屋がありま《イバクムグルスイツヌンバンイッスル》すか《カヨ》？」

さっそくホテルを押さえにかかっている。最安値の宿をとるため、事前には予約しておかないのが、旅行業界の常識だった。チェックイン可能時刻ぎりぎりまで粘れば、空室がまとめてダンピングされる。

妃華莉はほかのツアーの男性客たちから、ツーショット写真を求められている。K

－POP風の衣装とヘアメイクのせいだった。妃華莉は戸惑いの声を発した。「わたし日本人です。添乗員でして……」

「いいからいいから！」と妃華莉を囲む中高年の男たちは、やはり日本人だった。もはや景福宮での記念撮影に、いったいなんの意味があるのだろう。

美波は巻きこまれないよう、急いでその場を離れた。行く手を福田母娘《おやこ》と範子が一緒に歩いていた。やはり真面目な性格の持ち主どうしが仲よくなるらしい。母の瑞帆のスカート《チマ》は紫、娘の優里菜は薄いピンク。二十二歳の範子は、金の刺繍《ししゅう》いりの紺いろだった。上着《チョゴリ》のほうもそれぞれ色彩を合わせている。

ふいに川添が鼻息荒く近づいてきた。「あ、あの」

「はい？」美波はあわてて応じた。「なんでしょう」

「写真撮ってほしいんですけど」

「わかりました」美波はスマホを受けとろうとした。

「いや、一緒に……」

寄り添うことに抵抗はあるが、川添が手にしたスマホの自撮りでは画角が狭い。離れて立ったのでは写真におさまらない。やむをえずぴったりと身を寄せあって並ぶ。シャッターが切られるまで、川添の鼻息の音がやたら気になる。

「どうも」川添が間近で美波にまっすぐ目を向けてきた。

　美波は笑顔で身を退かせた。視線を逸《そ》らし、さっさと歩きだす。なんとなく川添が引き留めたがっている、そんな空気を感じたからだった。しばらく歩いてから後方を振りかえると、川添がじっと見送っていた。脚ばかり凝視されているようでもある。

　こんな格好をしているがホステスではない。本気で嫌悪感が募る前に立ち去りたかった。まだツアーが始まったばかりなのに、参加者を嫌いたくない。

　興礼門の近くまで来ると、広く浅くK‐POPが好きな二十八歳、亜弓が目にとまった。鮮やかな赤のチマをまとった亜弓は、イケメンの若い韓国人男性をつかまえては、自撮り棒で積極的にツーショットを申しこんでいる。よほど嬉《うれ》しいのか、はちきれんばかりの笑顔だった。

　こういう人もいるんだな。美波は圧倒されながら、興礼門の前の石段を上っていった。建物のわきを迂回《うかい》し、向こう側に達する。

　勤政門《クンジョンムン》を抜けると石畳の広場に入った。正面には勤政殿《クンジョンジョン》なる立派な正殿が建つ。観光客の多くはここに集っていた。

　眼鏡をかけた鞠華が、ひとり勤政殿を背にしながら、自撮りを試みている。うまく背景が入らないらしい。

美波は声をかけた。「鶴原さん。撮りましょうか」

「ああ……」鞠華は無表情にデジカメを差しだしてきた。「じゃあ」

受けとったデジカメをかまえたとたん、鞠華のチマチョゴリ姿に眼鏡がそぐわないと気づく。外すべきではないか、ふとそんな思いがよぎったものの、余計なお世話かもしれない。ふてくされたような顔の鞠華に、美波はシャッターを切った。

鞠華はデジカメを手渡されると、ありがとう、そうささやいた。なぜかさっさと背を向け、逃げるように立ち去ろうとする。

「あのう」美波はいった。「景福宮のなかを案内しましょうか」

「いい」鞠華が迷惑げな顔で振りかえった。周りに顎《あご》をしゃくる。

ふと気づくと、近くの見知らぬ男性らが、美波に視線を注いでいた。顔と脚をかわるがわる見ている。美波は思わず立ち尽くした。鞠華が哀れむようなまなざしを向けてくる。

美波は頰が火照るのを自覚しながら、小走りにその場を脱した。勤政殿の裏側にまわり、奥の塀の中央、小さな門をくぐる。

日本の寺社の境内が、細かく区分けされているように、景福宮も後廷は複数の狭い庭に仕切られている。門を抜けるとまた別の庭に入る。人がいないとわかるや、美波はほっと胸を撫《な》でおろした。

　ふと我にかえり、こんなことではいけないと思い直す。添乗員としての務めを果たさねば。美波は門を次々に抜けていき、ツアー客を探した。

交泰殿《キョテジョン》の前庭に、福田母娘と範子の三人組がいた。優里菜と範子が並んで立つ。優里菜の母、瑞帆が笑顔でスマホカメラにおさめる。

　三人を撮ってあげようと、美波は近づきかけたものの、前庭に別の集団がいることに気づいた。塀沿いに黒いスーツ姿、三十前後の男たちが五人ほど集う。日本人でも韓国人でもなく、東南アジア系の目鼻立ちに思える。全員がじろじろと美波を見つめ、口もとを歪《ゆが》ませている。

　また美波のなかに生理的な嫌悪感が生じた。引き下がっていったん門をでようとした。

　そのとき、重い荷物が地面に落ちるような音をきいた。はっとして振りかえる。美波の全身に衝撃が走った。

　範子が卒倒していた。土の上に突っ伏している。手足を投げだしたまま身じろぎもしない。口から泡を噴いているのが見てとれた。

　優里菜が愕然《がくぜん》として見下ろした。「範子さん!?」

瑞帆も血相を変え駆け寄った。「どうしたの？　範子さん、しっかりして！」

東南アジア系の五人が、怪訝《けげん》そうな顔で遠目に見守る。もうあいつらにかまってはいられない。美波は範子のもとに走った。「だいじょうぶですか」

瑞帆は範子のわきにひざまずきながら、青ざめた顔で美波を見上げた。「助けを……救急車を呼んでください！」

美波はスマホをとりだした。韓国でも消防と救急は119番だ。番号を押してから通話ボタンにタッチする。

つながらない。画面をよく見ると圏外の表示がでていた。ここでは電波が入らない。

東南アジア系の男たちと目が合った。彼らもスマホをいじっていたが、みな一様に当惑した顔を浮かべている。同じく受信できないようだ。

こうしてはいられない。美波は福田母娘に呼びかけた。「まっててください。すぐに戻ります」

踵《きびす》をかえし、ただちに門を抜けた。来た道を全力で駆け戻る。警備員か誰か、とにかく救急車を手配できる人間が必要だった。

ふたつほど門を抜けたとき、狭い庭に絢奈の姿を見つけた。妃華莉も一緒だった。ふたりがかりで、女子高生の尚美のチョゴリを正しているオッコルムというリボンがほどけてしまったらしい。片リボン結びを手伝っていた。

美波は呼びかけた。「絢奈、妃華莉！　大変なの」

絢奈が振りかえった。「美波、どうかした？」

「池嶋範子さんが倒れて……」

そのとき背後の門から福田母娘が駆けこんできた。瑞帆が慌てながら叫んだ。「早く救急車をお願いします！」

ふたりともここに来たのか。美波は瑞帆にきいた。「範子さんは？」

「居合わせた外国の人たちが、軒下の日陰に運んで寝かせてくれてます」

優里菜も切実な顔でうなずいた。「スマホも通じなかったし」

あの東南アジア系の五人か。美波は絢奈に向き直った。「場所は交泰殿の前。119番にかけようとしたけど……」

絢奈は駆けだした。「容体をきかれる。まずはたしかめないと」

美波も絢奈を追いかけた。その場にいた全員が走り、また門をいくつか抜けていった。

交泰殿の前庭に戻った。美波は足をとめた。着いたとたん異様な気配を感じた。

短い石段を上った先に、交泰殿なる平屋建てがある。軒下に日陰ができていて、そこに紺いろのチマの女性が横たわっていた。服装はさっきまで範子が着ていた物と同じだ。

けれども強烈な違和感がある。体形は似通っていても別人なのはあきらかだった。チマの裾《すそ》からのぞくスカートも、範子の本来の服とは異なる。なぜか範子が消え、同じ服装の別人が寝ているではないか。

東南アジア系の五人のうち、三人は姿を消していた。残るふたりは反対側の門の付近に立ち、いつでも逃げだせる態勢にある。ふたりは美波を見るや、即座に身を翻し、たちまち走り去った。

あまりに不可解な状況に足がすくんだ。美波はふたたび軒下に目を向けた。思わずつぶやきが漏れる。「なにが起きたの……？」

優里菜も震える声を響かせた。「あれ誰？」

瑞帆が表情を凍りつかせた。「さっきとちがう。範子さんじゃないみたい……」

猛然と走りだしたのは絢奈だった。交泰殿の石段を駆け上っていく。美波も福田母《おや》娘《こ》とともに絢奈を追いかけた。後ろに尚美もつづいている。

石段の上、軒下に横たわる女性は、仰向《あおむ》けになっていた。絢奈が四つん這《ば》いになり、顔にかかる黒髪をそっと払いのける。女性の面持ちがあらわになった。目を閉じてぐったりとしている。

美波は息を呑《の》んだ。年齢は十代にちがいない。メイクは施しておらず、すっぴんだが、端整な顔だちだった。まるでモデルか芸能人のようだ。もともと色白のうえ、さらに血の気が引いている。口から顎にかけて汚れひとつない。範子のように泡を噴いた痕跡《こんせき》は見あたらない。

ぞっとする寒気が美波の全身を包みこんだ。じっとしてはいられない。美波はひとり石段を駆け下りた。東南アジア人ふたりが消えた門を必死で走り抜ける。いくつかの庭を捜しまわったが、誰もいなかった。それぞれの庭を囲む塀には、四方に門がある。まるで迷路だった。男たちがどちらに逃走したか見当もつかない。

息を切らしながら引きかえす。美波は交泰殿の前に戻った。絢奈が謎の少女の呼吸と心拍をたしかめている。美波が石段を上りきったとき、絢奈はスマホをとりだした。圏外のはずだ。美波は絢奈を見つめた。「ここじゃ電波が入らないから……」

絢奈は妙な顔で美波を見かえした。静寂のなか、呼び出し音がかすかに漏れきこえる。応答の韓国語も耳に届いた。絢奈がスマホにいった。「女性が倒れました《ヨソンイスロジョッスムニダ》。意識《ウシ》がないようです《ギオプスムニダ》。救急車をお願いします《ググッチャルブタカムニダ》」

福田母娘が驚きの顔を見あわせ、それぞれにスマホをいじりだした。美波も自分のスマホに目を向けた。

鳥肌が立つのをおぼえる。圏外の表示はなかった。電波は問題なく届いているではないか。

10

景福宮から近い江北《カンブク》三星《サムソン》病院の病室に立ち、浅倉絢奈は福田瑞帆から借りたスマホの画像をチェックした。

池嶋範子が倒れる寸前に撮った画像を確認できた。笑顔で福田優里菜と並び、静止画におさまっている。体調が悪そうには見えない。撮影時刻は午後一時四十七分。

美波から助けを求められたときの状況を、絢奈は思い起こした。交泰殿の前庭に駆けていく途中、ちらと腕時計を見た。一時四十九分だった。撮影直後に範子が倒れたとして、二分ていどしか経っていない。そのあいだに範子はなぜか見知らぬ少女と入れ替わった。

素性のわからない少女は、いま目の前でベッドに横たわっている。うっすらと目が開いていた。もう意識は戻っている。ただしまだ会話は許されていない。少女に質問しないよう、医師から厳命されている。

絢奈は瑞帆にスマホを返した。「直前まで倒れる兆候はなかったんですね？」

福田母娘はチマチョゴリを店に返却し、もとの服に戻っていた。瑞帆が恐怖に引きつった顔で応じた。「娘と並んで撮影してる最中、急に倒れたんです。貧血ぎみとはこぼしてましたけど、ずっと元気だったのに……」

優里菜も怯《おび》えきった表情で告げてきた。「範子さん、このあと弘大《ホンデ》のカフェで、タルトを食べるのが楽しみっていってました。ほんの数分前に」

瑞帆は涙目になっていた。「わたしたちがあの場を離れなければ……」

「いえ」絢奈は首を横に振った。「気にしないでください。あなたがたのせいではありません」

病室に美波も来ていた。美波はすっかり青ざめている。「寸前のようすからも、倒れるなんて絶対に予想できなかった」

範子の携帯電話番号は名簿に記してあった。何度となく電話したものの応答はない。ずっと電源が切れているか、電波が届かない状態にあるようだ。

奇妙な事態だった。絢奈たちが身を案じているのは、ツアー客のひとりなのに、その人物は行方不明。いまはこうして別人の病室に集っている。ここにいる誰ひとりとして、少女が何者なのか知らない。

ドアが開いた。白衣の医師と看護師、それに若い制服警官が入室してきた。制服警官とはさっき話した。すでに事情は伝えてある。なぜか警官はスポーツバッグを提げていた。

制服警官がベッドの少女に問いかけた。「店のロッカーに預けてあった荷物を受け《カゲラッカエノオドットンジム》とってきた《カジョワッソ》。あなたのバッグだね《ダンシンコジ》?」

バッグのジッパーを開け、中身を見せる。黄いろいジャケットに黒のストライプが入った、アイドルの衣装のような制服がのぞいた。

美波が絢奈に耳打ちしてきた。「あの制服、ソウル公演芸術高校の……」

絢奈はうなずいた。黄いろのジャケットに黒い肩章、濃紫のタイにスカートを組み合わせた、漫画のようにお洒落《しゃれ》で可愛い制服。ソウル公演芸術高校は、アイドルが多く通う高校として有名だ。日本でもよく知られている。

制服警官は写真つきの身分証をとりだした。「ソン・ユジョン、ソウル公演芸術高校一年」

ソン・ユジョンと呼ばれた少女は力なく目を閉じた。顔がわずかに縦に揺れたが、うなずきか否かは微妙だった。

絢奈は自前のスマホを操作した。송유정《ソンユジョン》を検索する。芸能人さながらのヘアメイクを施された顔写真がでてきた。ステージ衣装姿の画像も多い。いまベッドにいる少女にまちがいなかった。

プロフィールを掲載したサイトも見つかった。韓国の数え年で十七歳、ムンリョ芸能事務所の練習生とある。半年前テレビのアイドル育成サバイバル番組に出演したため、あるていど顔と名が知られているようだ。番組内では最後まで勝ち上がれず、途中で脱落してしまったという。したがって身分は芸能人でなく練習生のままだった。

ユジョンはいま点滴を受けていた。医師はセンサー機器をモニターしてから、ユジョンの顔をのぞきこんだ。

やがて医師がぼそりといった。「回復傾向にある。やはり栄養失調だな《フェボッジュンイヤヨクションヤンシルチョヤ》」

制服警官が医師にたずねた。「話せますか《イエギハルスイッソヨ》」

「多少なら。でもまだぼうっとしてる。休ませる必要があるから手短に《ジャンカンイラミョンハジマンアジッモンハニイッソシオヤハニカパルリヘ》」

美波が疑わしげな顔でささやいた。「栄養失調だなんて……。ほんとかな」

「さあね」絢奈はスマホの振動に気づいた。電話がかかってきている。画面に妃華莉と表示されていた。絢奈は応答した。「はい」

妃華莉の弱りきった声がきこえてきた。「まだ景福宮にいる。ツアー客は一箇所に集めてある」

「範子さんは？」

「いない……。警備員が捜してくれてるけど、全然見つからない。東南アジア風の男たちも」

「そっちに警察は来た？」

「いえ。いま向かってるところだって」

「警察が到着したら、景福宮の捜索を引き継いでもらって、妃華莉はツアーを予定どおりつづけて。時刻どおりバスに乗って、弘大に移動して」

「こんな状況なのに？」

さっき旅行会社に指示を仰いだところ、極力ツアーを続行するよう命じられた。ほかのツアー客たちも代金を払って参加している。ひとりのトラブルで中止するわけにいかない、そんな主張だった。

旅行会社は失踪《しっそう》騒ぎというより、迷子ていどに解釈しているようだ。いなくなって一時間ていどでは、そう思えるのも無理はない。池嶋範子は大人なのだし、はぐれたとしても電車かバスで移動し、ほどなくツアーに合流するだろう。誰でもそのように考える。

けれども姿を消すまでの過程があまりに奇妙だった。絢奈は一部始終を伝えたが、ことの重大さは理解されなかった。早くツアーに戻れ、旅行会社の社員はその一点張りだった。

絢奈はスマホにささやいた。「妃華莉。電話を切ってから画像を送る。景福宮のなかでその顔を見かけなかったか、お客様たち全員にきいて」

「わかった」妃華莉の不安げな声が応じた。「絢奈と美波も、早くこっちに合流して」

「ここが済んだらすぐ行く」絢奈は通話を切った。

ソン・ユジョンの画像検索結果から、きょうの彼女の印象に近い顔写真を選ぶ。SMSに画像を添付し、妃華莉に送信した。

医師と看護師がベッドを離れ、ドアに向かいだした。患者と勝手に話しては駄目だ《ファンジャハゴマンデロイエギハジ》よ《マ》、医師は絢奈にそう釘《くぎ》を刺し、看護師とともに退室していった。

制服警官が絢奈に歩み寄ってきた。「ちょっといいかな。廊下で話したいんだが《ジャンカンボッドエソイエギハゴシポ》」

「はい《ネー》」絢奈は制服警官とともにドアの外にでた。美波も一緒についてきた。

廊下で制服警官が難しい顔になった。「あの子はチマチョゴリを着て、景福宮で自《グエヌンハンボグルイップゴキョンボックン》撮りをしていた《エソセルカチゴッテ》だけらしい。いつの間にか意識を失って倒れてしまったと」

絢奈は韓国語でたずねた。「倒れたのは交泰殿の前庭ですか」

「いや。香遠亭《ヒャンウォンジョン》、池のほとりにいたのをおぼえてるとか」

敷地のずっと奥だ。交泰殿とはかなり離れている。栄養失調で倒れたぐらいで、移動の記憶が飛ぶとは考えにくい。

美波が制服警官を見つめた。「たまたま同じチマチョゴリを着てたっていうんですか」

「あの子からすれば」制服警官が美波に答えた。「日本人ツアー客のひとりが偶然、同じ扮装《ふんそう》をしてただけってことになる」

「でも入れ替わってたんですよ？　ふたりが同時に倒れたのも偶然だっていうんですか？」

「医師によれば、栄養失調による失神にちがいないそうだ。練習生は極端なダイエットと、ハードなトレーニングを義務づけられているからね。よくあることだよ」

絢奈は腑《ふ》に落ちなかった。「景福宮でコスプレして自撮りなんて、観光客がやることです。地元の女子高生で芸能事務所の練習生が、ひとりきりでそんなことします？　京都に住んでるわたしの親戚《しんせき》は、舞妓《まいこ》さんのコスプレなんかしませんよ」

制服警官がため息をついた。「京都がどうなのか知らないが、ソン・ユジョンが自分の意思でそうしたのなら、なんの問題もない」

「同じ扮装のツアー客が失踪したんです。ユジョンさんが事情を知ってる可能性があると思います」

「失踪といっても、まだ一時間ていどだよ？　事件化する段階じゃないのはわかるね？　いちおうパトカーが景福宮に向かってるし、はぐれたツアー客はちゃんと捜すから」

美波が必死に食い下がった。「東南アジア系の五人組も捜してください！」

「だから」制服警官がじれったそうに美波を見かえした。「まだ事件として捜査は……」

「あの男たちが連れ去ったんですよ」

「根拠は？　ええと、松永美波さん。あなたはなぜすぐに通報しなかった？　池嶋範子さんが倒れたその場で」

「……スマホが通じなかったんです。圏外でした」

不可解な状況だと絢奈は思った。福田母娘《おやこ》もたしかに圏外だったと証言している。

美波の話では、東南アジア系の五人組も、スマホをかけようとしてかけられなかったようだ。だがそんなことはありえない。景福宮のなかはどこでも電波が届くはずだった。

「とにかく」美波が制服警官に対し語気を強めた。「ユジョンさんに、ほんとに身におぼえがないかどうか、きちんとたずねるべきです」

　制服警官は唸《うな》ったものの、病室のドアを開けた。ベッドに歩み寄ると、壁ぎわに立つ福田母娘を指さした。「ソン・ユジョン。あのふたりに見おぼえはないか。きみと同じチマチョゴリを着た日本人女性と一緒にいたんだが」

　しばし沈黙があった。ユジョンはいつしか目を閉じ、浅い眠りについていたようだ。それでも警官の言葉に意識が戻ったらしい。質問も理解したのがわかる。かすかに目を開けると、福田母娘を眺めた。ただすなおな表情のまま、蚊の鳴くような声で応じた。「いえ《アニョ》」

　美波が絢奈にすがりつき、困惑のまなざしで見上げてきた。絢奈も黙って美波を見かえすしかなかった。

　瑞帆がしきりに手で腹をさすっている。具合が悪そうに顔をしかめた。絢奈はきいた。「だいじょうぶですか」

「ええ。でも」瑞帆は腹を押さえたままささやいた。「なんだかおかしくなりそう。変な夢でも見てるみたい」

そのとおりだと絢奈は思った。なにがどうなっているのか、さっぱり見当がつかない。範子はどこへ行ったのだろう。医師の診断を疑いたくはないが、ユジョンは本当に栄養失調で倒れたのか。ささいなトラブルも許されないはずのソウル旅行。このままでは大変なことになる。

11

制服警官は、ソン・ユジョンの保護者に連絡済みだといった。だが保護者はまだ病院に姿を現していない。到着すれば本人の代わりに、保護者に事情をきけるかもしれない。とはいえ添乗員には、ツアーを続行する義務があった。

そのうちユジョンが回復すれば、細かい会話も可能になるだろう。あらゆる状況を考慮し、美波を病室に残しておくことにした。絢奈は福田母娘を連れ、ツアーに合流すべく病院をでた。タクシーで弘大へと急ぐ。

絢奈はタクシーの車内で、福田母娘にきいた。「東南アジア系の五人組は、倒れた範子さんを自発的に助けようとしたんですか」

「はい」瑞帆が応じた。「いかつい顔つきの、ちょっとヤクザっぽい風体の人たちだったので、最初は怖かったんですけど……。わたしたちと同じようにあわてて、駆け寄ってきたと思ったら、範子さんを助け起こそうとしました。範子さんが失神したままだったので、石段を上って軒下に運んだんです」

「そのあいだ、周りには誰もいませんでしたか」

「中国か台湾の修学旅行生が団体で通りがかって……」

「修学旅行生？　先生と生徒たちは、状況を見てたんですね？」

優里菜がうなずいた。「わたしがその先生に助けを求めたんです。だけど言葉が通じなくて」

絢奈が駆けつけたとき、そういう団体は目にしなかった。まさかとは思うが、福田母娘が事実に反することを口にしている可能性はないのか。いや、ふたりが嘘をつく必要はどこにある。

自分に対する苛立《いらだ》ちが募りだした。水平思考でさっさと答えが見つかるはずなのに、いまはなにも閃《ひらめ》かない。こんなことは初めてだった。事態があまりに常軌を逸していて、背景に想像がおよばないからか。

弘大は学生の街として知られる。芸術系の大学が近くにあるため、十代の往来が多く、メインストリートにも若者向けのショップが並ぶ。下北沢《しもきたざわ》と原宿《はらじゅく》が合わさったような印象を持つ一帯だった。

すでに陽が傾きだしている。ツアー一行は予定どおり弘大のカフェで休憩をとっていた。若者向けのカラフルで瀟洒《しょうしゃ》な店内、テーブルを囲む日本人たちは通夜のように暗かった。絢奈が福田母娘を連れテーブルに近づくと、妃華莉が真っ先に立ちあがった。

絢奈は妃華莉にきいた。「景福宮、どうだった？」

妃華莉が泣きそうな顔で見かえした。「警察と警備員が捜してるけど、まだ見つからない」

「そう……」

「台湾の修学旅行生たちが、範子さんの倒れた直後のようすを見てたって。東南アジア系の男たちが、範子さんを建物の軒下に運んだのも」

瑞帆が目を瞠《みは》った。「ああ。あの修学旅行の団体、まだ景福宮にいたんですか」

「はい」妃華莉がいった。「引率の先生が、敷地内の国立民俗博物館に移動後、警備員に通報してくれていました。でも警備員が駆けつけたのは、もうわたしたちが範子さんの失踪《しっそう》に気づいてからで……」

絢奈は妃華莉を見つめた。「その先生は、状況をどこまで目撃してたの？」

「美波に次いで、福田さん母娘が走り去ってからも、東南アジア系の五人組が範子さんのようすを見てたって。先生はスマホで通報しようとしたけど、電波が入らなかったから、やむをえず予定どおり移動した。生徒たちも同じ証言をしてる」

五人組が範子とユジョンを入れ替えたとすれば、それより後になる。少なくとも福田母娘は嘘をついていなかった。東南アジア系の男たちの素性こそ、いっそう重要に思えてくる。どこの何者だろう。

福田母娘とともに絢奈はテーブルについた。女性たちはタルトにほとんど手をつけず、飲み物も減っていなかった。男性たちのほうはそうでもない。中年男の井関はとっくに平らげている。

妃華莉がささやいた。「さっき絢奈が送ってくれた顔写真、数名のお客様が見覚えあるって……」

眼鏡をかけた鞠華が、仏頂面でバナナシェイクをかき混ぜた。「ソン・ユジョンでしょ。知ってるけど、景福宮では見なかった」

絢奈は鞠華にたずねた。「なぜご存じだったんですか」

「サバイバル番組で見た。有名な番組じゃなかったけど『アジアン・ニュー・スターズ』ってやつ。日本でも動画配信されてて……」鞠華は顔をあげ、福田母娘に視線を向けた。「知ってるでしょ、ソン・ユジョン」

福田母娘は顔を見あわせた。娘の優里菜がつぶやいた。「『アジアン・ニュー・スターズ』？　ひょっとしてソロの歌唱力テストでBoAのバラードを歌った子？」

「あー」母の瑞帆も驚きのいろを浮かべた。「あの子？　記憶に残ってる。でもいわれてみれば、たしかにそうかも」

根暗な川添が首を横に振った。「そんなマイナーな番組までは、さすがにチェックしてない……」

亜弓も浮かない顔で同意した。「わたしも」

井関が絢奈を見つめてきた。「俺はその子が景福宮にいたのを見た。池嶋範子さんと同じチマチョゴリを着てるなと思った。顔はあきらかにちがったから、見まちがいはしなかったが」

絢奈はきいた。「どこにいましたか」

「奥へ奥へと進んで、左手に入ったところに、四角い池があってな。楼閣みたいなのが建ってる。その近くだ」

おそらく慶会楼《キョンフェル》だろう。入れ替わりが発生した交泰殿にかなり近い。ユジョンがいたと主張する香遠亭からは遠く離れている。絢奈は井関に問いかけた。「スマホに撮りませんでしたか？」

「撮らないよ。俺みたいなおっさんは、ただでさえ盗撮の疑いをかけられやすいからな。むやみに撮ったりしねえ」

絢奈は隅駒に目を移した。「景福宮で散開したとき、隅駒さんは井関さんと行動をともにしておられましたよね」

隅駒が苦笑した。「しばらくは一緒に歩きましたけど、その後はそれぞれ別行動ですよ。池嶋範子さんが福田さん母娘と三人でいたのは見かけました。康寧殿《ガンニョンジョン》のあたりですれちがいましたよね？」

瑞帆はうなずいたものの、沈んだ声でつぶやいた。「あのあと交泰殿の前庭に移動して、思いがけない事態に……」

康寧殿は交泰殿のすぐ手前だった。美波が三人に会う直前に、隅駒にも会っていた。

絢奈は隅駒にたずねた。「範子さんのようすはどうでしたか」

「楽しそうでしたよ。ただ顔いろはそんなによくなかったかもしれない」

井関が鼻を鳴らした。「朝っぱらから空港に集合、飛行機で韓国入りして、着いたらすぐに景福宮の散策だろ。俺もくたくただ。明日の番組観覧まで自由行動にしてほしい」

同意の反応がひろがるのを絢奈は無視した。「東南アジア系の五人組について、どなたか見おぼえありませんか」

妃華莉が当惑のいろを深めた。「さっきみなさんにお尋ねしたんだけど、誰も見ていないらしくて……」

すると女子高生の尚美が、スマホをいじりながら片手をあげた。「あのさ。撮った画像をチェックしてたんだけど……。これじゃね？」

みないっせいに身を乗りだす。絢奈も腰を浮かせ、尚美の手からスマホを受けとった。

動画だった。映っている場所は勤政殿付近だとわかる。観光客が行き交うなか、あきらかに異彩を放つ五人組が、肩で風を切って歩いていた。総じて黒っぽいジャケットをまとい、インナーの胸もとをはだけている。うちふたりは記憶に残っていた。最後まで居残り、門の外に逃げ去ったふたりだ。

妃華莉が興奮ぎみにいった。「この人たちだよ！　ふたりの顔をおぼえてる。これとこれ」

五人組のすぐわきに立つ観光客が、スマホを操作しつつ首を捻《ひね》っている。似たような反応がそこかしこに見られた。五人組が近づくや、至近の人々のスマホに不調が生じるようだ。

情報番組で観たことがある。ケータイ電波、いわゆるジャミングが可能なバッテリー式ジャマー。秋葉《あきは》原《ばら》で一万円以下で買える。大きさはタバコの箱ぐらいだ。五人組のひとりがポケットにおさめていれば、半径約十メートル以内は圏外になるらしい。

美波の話では、五人組もスマホをかけようとしていたが、かからないようすだったという。怪しまれないよう美波に芝居をしてみせたのか。最初から誘拐を意図していたのだろうか。しかしあんな人目につきやすい場所で……。

絢奈は尚美にたずねた。「この動画、わたしのスマホに送信してもらってもいいですか」

「いいよ」尚美が関心なさそうに応じた。「そんな動画、容量を食うばかりだから、さっさと消去したいし」

川添がつぶやいた。「ならなんで撮ったんだよ」

「どういう意味？」尚美が憤りのいろをしめした。「観光で来てるのに、動画撮っちゃ悪いの？　たいして面白くもない動画なら誰だって削除するでしょ」

隅駒が仲裁した。「ご両人とも、そうぴりぴりしないでください。私たちはツアー旅行中なんです。楽しくいこうじゃないですか」

井関が迷惑そうな顔で腕時計を眺めた。「ったく、こんな辛気臭い旅につきあってられるかよ。都会なんだし、好きに行動させてもらいてえ。ひとりが迷子になったぐらいで、俺たち全員が巻き添えを食うなんて」

鞠華が軽蔑《けいべつ》したような声できいた。「おじさん、自分のことしか考えないの？」

「なんだと？」

亜弓の目が潤みだしていた。「喧嘩《けんか》しないでくださいよ。でもわたしも心配です。もし池嶋範子さんが消えたままなら、ツアーはどうなるんですか」

妃華莉が申しわけなさそうにいった。「旅行会社の判断に委《ゆだ》ねられますけど、深夜零時を過ぎても範子さんが現れなかった場合、行方不明と判断して、ツアーも中止ということに……」

「中止？」亜弓が嘆いた。「明日の『Mカウントダウン』観覧もなくなるの？　そんなぁ」

ツアー客たちはいっせいに抗議しだした。周りのテーブルの韓国人らが、ぎょっとした顔で振りかえった。

井関がひときわ大声で怒鳴った。「午前零時にツアー中止とはなんだ！　ジャージ姿でホテルから叩《たた》きだされるってのか！」

店内はしんと静まりかえった。ツアー客らは表情を凍りつかせ、井関ひとりを見つめていた。韓国人たちも眉《まゆ》をひそめている。井関は失言を自覚したらしく、耳を真っ赤にしてうつむいた。

絢奈は穏やかにいった。「ご安心ください。真夜中にホテルから退去するような事態にはなりません。そろそろ移動の時間です。東大門でショッピングしてから、明洞で夕食、ホテルにチェックインします。なにもかも予定どおりです」

周囲の目が気になるせいか、ツアー客たちはそれぞれ立ちあがり、そそくさとテーブルを離れだした。井関も気まずそうに退店していく。

尚美が歩み寄ってきた。絢奈からスマホを受けとると、尚美は耳もとでささやいた。

「東大門に着いたら、もっと興味深い動画を見せてあげる」

「どういう動画ですか」

「着いてからのお楽しみ」尚美は悪戯《いたずら》っぽく笑うと、ほかのツアー客とともに立ち去った。

妃華莉が困り顔を向けてきた。「絢奈。これからどうする？」

「バスの車内で警察署に電話してみる。五人組の映った動画を送信して、警察に受けとってもらう。不審人物として身元を調べてくれればいいけど、いまの段階じゃ難しいかも」

「夜になっても範子さんが見つからなかったら……」

いまは悲観論にとらわれている場合ではない。絢奈は妃華莉をうながし歩きだした。添乗員の仕事はツアー添乗だ。笑顔を絶やしてはならない、たとえ不安で胸がいっぱいであっても。

12

美波は病室でソン・ユジョンとふたりきりだった。ユジョンはベッドで眠っている。もう点滴は受けていない。よって話しかける機会もない。

病室に日本人添乗員が居合わせてもかまわない状況だった。すなわち事件とは見なされていない。警察は本気で景福宮を捜索しているだろうか。数名の警察官が敷地内をひとまわりするだけではないのか。

ブラインドの隙間から斜陽が射しこんでくる。かなりの時間が過ぎていた。ユジョンの保護者はまだ到着しない。娘が倒れたときけば、親なら真っ先に飛んでくるはずが、いっこうに姿を現さない。

そう思ったとき、廊下から靴音が響いてきた。あわただしい足どりだった。そのうちノックもなしにドアが開いた。

体格のよさをスーツに包んだ男性が現れた。日焼けした丸顔に口髭《くちひげ》をたくわえている。黒髪はきちんと七三に分けていた。年齢は三十代後半から四十歳ぐらいか。

美波はおじぎをしたが、男はなんの反応もしめさず、ベッドにつかつかと歩み寄った。「ソン・ユジョン！」

ユジョンはびくっとして目を開けた。男を見上げると、怯《おび》えた顔で上半身を起きあがらせた。

男が厳しい口調でいった。「さっさと着替えろ。もう寮に帰るぞ《パルリカライボギスクサロカルゴヤ》」

暗い表情で視線を落としたユジョンが、ゆっくりとベッドから抜けだそうとする。まだ体調が万全とは思えない。めまいを堪《こら》えるような反応をしめしている。

美波は男に話しかけた。「あのう《チョギヨ》」

男が振りかえった。鋭い視線が見下ろしてくる。ネームプレートを一瞥《いちべつ》し、日本人だと気づいたらしい。男は日本語で告げてきた。「廊下にでよう」

「は……はい」美波は困惑しながら指示にしたがった。

廊下でふたりきりになると、男が美波をじろじろと眺めた。「どこの練習生だ？　センスが古臭すぎる」

「いえ、あの、わたしは添乗員なんです。日本からのツアーで、きょう到着しまして」

「添乗員？　それがなぜユジョンと一緒にいる？」

「彼女が倒れた場に居合わせて……いえ、正確にはツアー客のひとりが倒れて、いつの間にか彼女に入れ替わっちゃったんですけど、とにかく救急車を呼んで、病院に搬送されるのにつきあって……」

男は怪《け》訝《げん》そうな目つきのままだったが、いくらか表情が和らいだ。「よくわからないところがあるが、ユジョンを助けてくれたのなら感謝する」

「お父さんですか」

「いや。ムンリョ芸能事務所のキム・シニルだ。練習生のマネージメント部長を務めてる」

ドアが静かに開いた。ソウル公演芸術高校の黄いろい制服が現れた。右手にスポーツバッグを提げている。すっぴんで髪が整っていなくても、ほっそりとしたプロポーションはモデルさながらだった。ただし見るからに不健康そうでもある。色白の顔は血の気が引いたままで、いまにもまた倒れてしまいそうに思える。

キム・シニルは吐き捨てるようにいった。「着替えはもっと迅速にな《パルリガライボ》。さあ行くぞ《カジャ》」

美波はキムを押し留《とど》めた。「まってください。勝手に退院しちゃまずくないですか」

「医師とは話した。問題ないそうだ」

「せめてユジョンさんの保護者が来られるまでは……」

「ユジョンの親は来ない。練習生なんだから、いまはうちが面倒をみてる」

「あのですね、わたしたちのツアーで失踪《しっそう》騒ぎがあったんですよ。さっきまで警察の人も来てたんです」

「なんの話か知らないが、うちの子は無関係だ。警察から病院に問い合わせがあれば、うちにまわってくるだろう」

それだけいうとキムは、苛立《いらだ》たしげにユジョンを振りかえった。さっさと歩きだすよう目でうながしている。ユジョンの疲弊した面持ちに哀感が漂う。後ろめたさをおぼえているようなまなざしで、じっと美波を見つめると、深々とおじぎをした。先に立ち去りだしたキムを追い、ユジョンの後ろ姿が遠ざかっていく。まだ足もとがおぼつかなかった。

美波は見送りながら胸を痛めた。ユジョンはきっとなにかを知っている。だが添乗員には問いただす権限がない。辛《つら》そうな影をひきずる少女だった。いったいどんな事情があるのだろう。警察が本格的に動いてさえくれれば。

13

日が暮れた。ネオンに彩られた夜の東大門は、モダンなファッションビルが建ち並ぶこともあり、渋谷《しぶや》に似通った印象を醸しだす。地上十一階建てのハローエーピーエム、ガラス張りの前面全体に、鮮やかな七色が絶えず波打つ。交差点の向こうのスタイリッシュなビルでは、外壁の大型ビジョンがＥＸＯの派手なＭＶを流しつづけていた。

渋谷界隈《かいわい》が代々木《よよぎ》公園に隣接しているように、ここでも大通りを挟んだ反対側に、東大門歴史文化公園がひろがる。公園に古めかしさはない。巨大なＵＦＯが着陸したかのような、独特のフォルムを誇る銀いろの前衛的建築物が、敷地のほとんどを占めている。東大門デザインプラザだった。内部にはアートギャラリーやファッション雑貨のショップを備える。

ツアー客はここで一時間の自由行動をとる。絢奈は妃華莉と分かれ、それぞれビル街をめぐり、ツアー客たちに注意を向けていた。

歴史文化公園を通り抜けようとしたとき、デザインプラザわきのタイル張りの広場で、福田母娘《おやこ》がベンチに座っているのに気づいた。ふたりとも意気消沈したようすでうつむいている。

絢奈は笑顔で歩み寄った。「東大門のショッピングを楽しみにしておられたのに」

ふたりの視線があがった。母の瑞帆は力なく微笑したものの、すぐにまた落胆の表情に戻った。「いまはとてもそんな気分では……」

娘の優里菜がためらいがちに口をきいた。「あのう、浅倉さん」

「なんですか」

「さっき母にも話したんですけど、範子さんは倒れる寸前『まさか』とささやいた気がするんです」

「まさか?」絢奈は瑞帆に目を移した。「そうなんですか?」

瑞帆は首を横に振った。「わたしは優里菜と範子さんを撮影してましたから、ちょっと距離があって……。でも優里菜がいうからには、まちがいない気がします」

絢奈は優里菜にたずねた。「そのとき範子さんが、どこを見ていたかわかりますか」

「さあ」優里菜が肩を落とした。「そこまでは……。東南アジア系の人たちとは、それなりに離れてたし、そっちに目を向けてたとは思えないし」

「そうですか。……とにかくおふたりとも、せっかくですから買い物に行きましょう。案内します」

ふたりは腰を浮かせようとはしなかった。瑞帆が虚《うつ》ろなまなざしで応じた。「ありがとうございます。あとで気が向いたら、優里菜と一緒にめぐってみますから」

無理強いしても、ただ迷惑がられるだけに思える。絢奈はおじぎをして立ち去った。

デザインプラザのトンネルを抜け、大通り方面にでた。広い歩道を行き交う人々はさほど多くもなく、東京よりずっとゆとりがある。ビル街へ渡る横断歩道の手前で立ちどまった。渋谷スクランブル交差点のような混みようはない。

美波が小走りに駆けてきた。「絢奈」

「あ、美波」絢奈は思わず笑った。「よかった。いま着いたの？」

「地下鉄を乗り継いだら十五分ぐらいだった」美波は深刻な顔でささやいた。「ラインでも連絡したけど、ムンリョ芸能事務所のキム・シニルって人が……」

絢奈はうなずいた。「練習生のマネージメント部長かなにか知らないけど、強引にソン・ユジョンを連れてくなんて。まだ高校生の子をなんだと思ってんだろ」

「芸能人や練習生の人権がどうとか騒がれてるけど、ほんとにやばい状況があるのかも」

青信号になった。絢奈は美波とともに横断歩道を渡った。交差点の向かいには閉店したロッテ・フィットイン、その隣りのビルの一階正面に近づく。

エントランス前、歩道に張りだした特設コーナーに、ツアー客の隅駒が立っていた。女性従業員から手渡されたカードを見るや、隅駒は戸惑いの反応をしめした。「なんだこりゃ。ぜんぶハングルだ。読めないよ」

一緒にいた妃華莉がカードをのぞきこんだ。「クイズに答えられれば、プレゼント抽選会に応募できるって書いてあります」

「十万ウォンの買い物をして、カードをもらえたと思ったら、クイズに正解して、ようやく抽選会に応募できる？　道のりが遠すぎないか」

美波が声をかけた。「妃華莉」

「ああ」妃華莉がほっとした顔になった。「美波。絢奈も」

絢奈はきいた。「どんなクイズ？」

「ええと」妃華莉がカードの文面を翻訳した。「答えは三文字。背中合わせで立つふたりは、どちらもまっすぐ同じ方角を向いている。ふたりはどこにいるでしょう。……なにこれ」

隅駒が首をかしげた。「背中合わせなのに、ふたりとも同じ方角？　どっちも横を向いてたんじゃなくて？」

妃華莉は首を横に振った。「まっすぐと書いてありますから、正面を向いてると思います」

美波も難しい顔になった。「なんだろ、鏡に映ってるとか？　答えは三文字でしょ？　거울《コウル》じゃ二文字だし、場所じゃないし」

絢奈は苦笑した。「북극점《プッククチョム》」

「北極点？」妃華莉は目を丸くした。「ああ！　そっか。北極点に背中合わせで立ってれば、ふたりとも南を向いてることになる」

隅駒が圧倒されたような顔になった。「浅倉さん。あなたは天才だよ。どうすればそんな閃《ひらめ》きが生じる？」

つきあいの笑みを維持したものの、心が沈みこんでいくのを自覚する。天才のはずがない。本当にそうなら範子の行方について、なんらかの見当ぐらいつくだろう。

教えられたハングルを、隅駒が嬉々《きき》としてカードに書きこむ。絢奈ら添乗員の三人はその場を離れた。ビル内に入ってみる。

エスカレーターで一階ずつ上昇したが、見える範囲にはツアー客の姿がなかった。最上階まで到達すると、ようやくドリンクスタンドに井関を見つけた。ジュースをストローですすりながら、不機嫌そうに窓の外を眺める。話しかけるのは遠慮したほうがよさそうだった。

ビルの外観や内装は、渋谷のデパートのようなデザイン性に富んでいるが、売り場は雑然としている。特に化粧品や韓国土産のフロアには、手狭なテナントがひしめきあっていた。本来はこんなふうではなかったのだろう。それでもこのビルは、まだディスプレイに気が配られているほうだった。

いったん外にでて横断歩道を渡り、ほかのファッションビルのなかも見てまわった。現代《ヒュンダイ》シティアウトレット東大門もハローエーピーエムも、テナントにまるで統一性がなく、あたかも地下商店街の様相を呈する。ミリオレに至っては、高級デパートさながらのエントランスを誇りながら、店内はディスカウントショップのごとく雑然としていた。

日本の地方都市からグアムあたりまで、ショッピングモールはどこもこんなありさまだ。オープン当初はお洒落《しゃれ》スポットだったはずが、やがて脈絡のない小売店の集合体と化す。開発時の目論見《もくろみ》どおりには、なかなか儲《もう》からないらしい。

ミリオレのネイル売り場はなぜか、ビルわきの殺風景なエレベーターホールを入り、マンションのような通路を進んだ先にある。こんなところにショップがあるとは、渋谷というより西新宿の雑居ビルのようだった。それでも亜弓が店内にいて、熱心にネイルのサンプルを試しながら、品定めに集中している。亜弓はちらと絢奈たちを見たものの、話しかけられるのを拒むかのごとく、ただちに沈黙の盾を掲げた。添乗員三人はここでも用なしのあつかいを受けた。

三人でビルをでて、また歩道を歩きだす。美波がこぼした。「こうしてるあいだに、範子さんがぶらりと戻ってきてくれりゃいいのに」

妃華莉がため息とともにうなずいた。「ほんとそう。時間を戻したい。なにもかもリセットしたい」

重苦しい気分を引きずりながら、ドゥータモールのエントランスをのぞく。鞠華がいた。レジにクレジットカードを差しだしている。眼鏡をかけた地味な外見とは裏腹に、ファッションにはおおいに興味があったのか、ショッピングに精をだしている。ブランド名の入った紙製の手提げ袋を、山のように周囲に置く。レジから吐きだされるレシートもとめどなく長かった。

美波が声をかけた。「すごい買い物の量ですね」

鞠華はカードの暗証番号を入力しながらいった。「これぐらいはなんでも……。持ちきれないぶんは、ホテルに届けてくれるって。そうよね？」

同意を求められた女性店員が笑顔でうなずく。妃華莉が感嘆の声を発した。初日からここまで豪快にショッピングするツアー客は、絢奈も初めて目にした。

高校生の尚美がどこにいるのか気になった。絢奈は鞠華にきいた。「仲村尚美さんの居場所をご存じですか」

「そこのガラス戸をでたところ」鞠華が顎《あご》をしゃくった。「さっきまで近くで買い物してたし」

「どうも……」絢奈は会釈をした。添乗員三人で出口に向かう。

ガラス戸を押し開け外にでた。並木道の石畳の上、尚美がベンチにひとり座っていた。あいかわらずスマホをいじっている。彼女の左右にも、おびただしい量の手提げ袋が置いてあった。

絢奈は尚美に近づいた。「こんばんは。あのう」

「なに？」

「東大門に着いたら、なにか動画を見せてくれるって……」

尚美が顔をあげた。他人行儀なまなざしを向けてくると、ああ、とつぶやいた。めんどくさそうにスマホを操作してから、画面を絢奈に向ける。

ユーチューブ動画だった。尚美が淡々といった。「この題名、面白そうな動画でしょ」

〝하늘을 올려다 본 순간 패배가 정해진〟。訳せば『空を仰いだとたん敗北がきまった』となる。それが動画の題名だった。

だがなにも観ないうちから予想がついた。絢奈はいった。「あっち向いてホイの動画でしょう。どこが面白いんですか？」

「なんだ」尚美がしらけた表情になった。「知ってた？」

「いえ……」知っていたわけではない。題名を見て直感的に連想した、ただそれだけだった。

尚美はスマホのタッチパネルに指先を滑らせた。「韓国のあっち向いてホイってさ、正面って選択肢があるんだよね。日本じゃ上下左右のどれかを向かなきゃいけないけど、前を向いたままってのもありなの」

「それで？」

「べつに」尚美はスマホをしまいこむと、手提げ袋をまとめて抱えあげ、さっさと立ち去りだした。「まだ買い物があるから。じゃ」

添乗員三人は啞然《あぜん》としながら、遠ざかる尚美の背を見送った。

妃華莉がつぶやいた。「なんか……。避けられてる？　すっかり信用を失ったのかな」

絢奈の胸の奥に暗雲が垂れこめだした。思いのままを口にしてみる。「みんな癖がありすぎ。すなおじゃない気がする」

14

午後十一時、ツアー客はそれぞれホテルの部屋で休んでいる。明洞のメインストリートに面するMプラザ内、ソラリア西鉄ホテルソウル明洞のロビーは閑散としていた。フロントの従業員以外の人影を見かけない。絢奈はひとりスマホで通話しながら、ロビーをうろつきまわっていた。

日本にいる那沖と電話中だった。きょうのできごとはすべて伝えた。那沖の声は困惑の響きを帯びていた。「それで池嶋範子さんは、まだ戻らないのか？」

「ええ」絢奈はため息まじりに応じた。「ずっとロビーでまってるけど、現れる気配もない。ラインでホテル名は伝えてあっても、既読がつかないし」

「警察はなんといってる？」

「昼間と変わらない。大人なんだからこの時間も、まだホテルに帰らなくておかしくないし、明朝までようすをみるべきって」

「旅行会社は午前零時までを期限としてるんだろ？」

「でもこの時間は当然、会社も閉まってる。指示を仰ぐこともできない。零時になって範子さんが戻らなければ、ツアーを中止しろと具体的に命じられてたわけじゃないし」

「なんだそれ。無責任な会社だな」

「夜中までにはさすがに戻ってくるだろうと、高《たか》をくってたみたい。現地警察もそんな感じだった」

「範子さんと入れ替わりに倒れてた練習生は、その後……」

「芸能事務所も退社時間後だったし、連絡がとれてない」絢奈は心底困り果てながらいった。「どうしよう。このまま範子さんが現れなくて、本格的な失踪《しっそう》事件になったら国際問題だよね？　絶対にトラブルを起こしちゃいけないツアーなのに」

「落ち着きなよ。まだ事件ときまったわけじゃないんだ。絢奈なら瞬時に答えをみいだせるはずだろ、いつものラテラル・シンキングで」

「それがなにも思い浮かばないの。同じチマチョゴリを着た別々のふたりが、なんでどっちも倒れたの？　どうして入れ替わった？　まるっきり想像がつかない」

那沖が唸《うな》った。「能登先生が心配したとおりだ」

「なにが？」

「出会ったころのきみは純真無垢《むく》で、いい意味で自由奔放だった。社会観念に縛られず、知識にも制限されず、とんでもない発想が浮かんだ。でもいまは常識が備わってきてる。知識も増えてて、そのぶん賢くなったけど、水平思考の妨げになってる」

「そんなこといわれても困る。常識や知識を学ばなきゃいけないって、ほかならぬ能登先生が主張したんじゃん。那沖さんも賛成したでしょ」

「それ自体を悪いことだといってるんじゃないんだよ。僕はきみの努力を理解してるつもりだ。でも常識人に近づいたのなら、水平思考のあり方も変わってくるはずだって、能登先生がいってた」

「どんなふうに変わるの？」

「まだ詳しくはきいてないけど、常識を踏まえたうえで、あるていどロジカルなものの見方が重要に……」

「失礼ですが《シルレハムニダ》」男の声が呼びかけた。「浅倉絢奈さん《シ》？」

「はい《ネ》？」絢奈は振りかえった。

ドアマンの制服が背後に立っていた。カードを差しだしてくる。

絢奈はカードを受けとった。とたんに衝撃が走った。手書きで綴《つづ》られているのは日本語の文章だった。

わたしは無事です　心配しないでください　池嶋範子

心臓が喉《のど》もとまで跳びあがるとは、まさにこのことだった。絢奈は泡を食ってドアマンにきいた。「このカードを渡したのは誰ですか《イカドゥジュンサラムンヌグイムニカ》」

「マスクをした女性です《マスクスンヨソンイムニダ》。ついましがたエントランスに《バングンカジエントゥランスエ》……」

那沖の声がきこえた。「絢奈。なにがあった？」

まだスマホを耳にあてていることに気づいた。絢奈は猛然と駆けだした。「あとで電話する」

通話を切り、エレベーターのボタンを押した。扉が開くや飛びこんだ。ホテルのロビーは二十一階だった。下降するわずかな時間さえ、ひどくもどかしく感じられる。エレベーターの扉が開き、一階エントランスに躍りでた。誰もいない。絢奈は自動ドアを外へと駆け抜けた。

　Mプラザの裏側にあたる場所だった。夜の市街地は賑《にぎ》やかで、歩道を絶え間なく人が行き交う。目の前の大通りにリムジンバスの停留所があった。絢奈は辺りに視線を配った。範子らしき人影は見あたらない。

　ツアーの宿泊するホテルを知っているということは、ラインを確認したのか。通知にメッセージ内容を表示させて読めば既読はつかない。範子が自分の動きを悟られまいとしているのはたしかだった。

　手にしたスマホが振動した。通話ボタンを押し、ただちに耳にあてた。「はい」

　能登の声が冷静に呼びかけた。「浅倉さん」

「ああ、先生。すみません、いまちょっと忙しくて」

「さっき那沖さんから電話がありまして、なにがあったかききました」

「それどころじゃないんです。いなくなった範子さんが……」ふと胸にひっかかるものがあり、絢奈はたずねた。「電話できいた？　能登先生、那沖さんと一緒じゃないんですか」

「きょうの夕方、私は単身ソウルに渡ったのですよ。いま明洞におります」

「明洞にですか？」絢奈は驚いた。「どの辺りですか。わたしはソラリア西鉄ホテルソウル明洞に……」

「ええ、そのように伝えきいております。ですからそこに向かっているところです。間もなく着きます」

絢奈は周囲を見まわした。「ええと、先生、明洞のメインストリートに向かったんですか？　わたしは裏のエントランスをでたところです」

「まさしくそのエントランスをめざしておりました。おっと、浅倉さんの姿が見えましたよ。お気づきですか」

「いえ。まだ……」

「そこにいてください、いま参ります」

通話が切れた。絢奈はそわそわしながら街なかを眺めた。

ほどなく横断歩道に目がとまった。青信号を渡ってくる群衆のなか、スーツ姿の老紳士が見てとれた。能登はわずかに背を丸めながら、足ばやに近づいてきた。

絢奈は急いで駆け寄った。「先生がこんなところまでわざわざ……」

目が合った瞬間、絢奈ははっと息を呑《の》んだ。

15

絢奈は一睡もできないまま夜明けを迎えた。結局、池嶋範子の行方はわからずじまいだった。

午前七時、ホテルの二十一階にあるスカイラウンジに赴いた。ビュッフェスタイルの朝食だが、宿泊客はごく少なかった。窓辺の大きなテーブルに、八人のツアー客らが集まっている。妃華莉と美波はテーブルの近くに立っていた。

絢奈が歩み寄ると、中年男の井関が椅子にふんぞりかえっていった。「まさかとは思うが、勝手にいなくなった女が戻らなかったから、ツアー中止とかほざくんじゃないよな」

ツアー客らの冷やかなまなざしが添乗員三人に向けられる。妃華莉は恐縮したようすで説明した。「旅行会社がまだ営業時間を迎えていないので、指示を仰ぐのはこれからですが、あるいはそういうことも……」

テーブルを囲む全員がいっせいに不満を口にした。ふだん根暗な川添が、ここぞとばかりに声を張った。「返金対応じゃ割にあわない。時間は返してもらえないからな」

亜弓は半泣きになっていた。「もう番組観覧ツアーがなくなっちゃうのに。最後に『Mカウントダウン』が観たかった……」

美波は目を潤ませながら深々とおじぎをした。「本当に申しわけありません。まだどうなるか確定したわけではないんですが、どうかご理解いただけないでしょうか。行方不明者がでたのにツアーを続行したとなると、より責任が重く……」

眼鏡の鞠華がフォークでソーセージをつついた。「添乗員さんたちの責任でしょ。わたしたちは関係ないし」

困惑顔の福田瑞帆がやんわりと咎《とが》めた。「いえ、鶴原さん。いくらなんでも、そういう言い方はちょっと……。添乗員さんたちに落ち度があったわけじゃないんだし」

井関は不服そうに吐き捨てた。「添乗員の落ち度だろ。いい大人を迷子にしといて、しかも見つからないなんてな。保育士の爪の垢《あか》でも煎《せん》じて飲め」

隅駒が真顔で井関を見つめた。「事情をきいたでしょう。不審な東南アジア系の男たちがいたり、栄養失調で倒れた女の子と入れ替わっていたり、奇妙なことばかりが起きたんです。すべて添乗員さんたちのせいにしたんじゃ可哀想じゃないですか」

「このAOAもどきのふざけた扮装《ふんそう》に惚《ほ》れたか？　遊び感覚で添乗してるから、こういうトラブルが起きるんだ」

ツアー客らはいっせいに議論を始めた。全員が怒鳴っているせいで、誰がなにを喋《しゃべ》っているのかさだかではない。妃華莉と美波は列席者たちをなだめようとしているが、ききいれられず涙目になっている。

絢奈はその場を離れた。レストランの片隅に吊《つる》してある、中華風の銅鑼《どら》に近づく。置かれていた桴《ばち》を手にとり、力いっぱい銅鑼を殴りつけた。重低音をともなう独特の響きがフロアにこだました。ツアー客のテーブルだけでなく、レストラン内の全員が静まりかえった。

テーブルの近くに戻ると、絢奈は低くいった。「騒がないでもらえますか。寝不足でいらいらしてるんで」

「おい」井関が面食らったようすで見つめてきた。「いまなんていった？」

「寝不足でいらいらしてるっていったの」絢奈はテーブルに両手を突き、前屈姿勢で立った。「悪いんだけど、みなさん。嘘つきの集団を引率するのはもう懲りごりです」

井関がいっそう目を丸くした。「なに!? あんた逆ギレしてんのか」

「誠意と思いやりを持ってツアーに参加する意思がないのなら、いまこの場で解散します。それぞれ自費で帰国してください。ペナルティとして、すでにお支払いいただいた旅費は、全額没収します」

川添があわてぎみに食ってかかってきた。「なにをいいだすんだ！ 訴えるぞ」

「どうぞ」絢奈は身体を起こした。「みなさんのうちの何人かは確実に、豚箱に入って臭《くさ》い飯を食う羽目になります。ほかの方々も関与を疑われ、取り調べを受けるでしょう」

列席者たちの一部が青ざめる反応をしめした。いまだ顔いろの変わらない人々もいる。隅駒はそのひとりだった。穏やかな口調で隅駒がいった。「浅倉さん。どういう意味かよくわからない。嘘つきって、いったい誰のことですか」

絢奈は淡々とした声を響かせた。「鶴原鞠華さん。クレジットカードを拝見できますか」

鞠華が表情を凍りつかせた。眼鏡の奥でさかんに目を瞬《しばたた》かせる。ツアー客たちが戸惑いがちに鞠華を見つめた。

「いえ」絢奈は指先でテーブルを軽く叩《たた》いた。「見せてくれなくてもいいです。福田瑞帆さんにカードを返してください」

沈黙が下りてきた。瑞帆も居心地悪そうにささやいた。「あ、あの、浅倉さん。わたしのクレジットカードは……」

絢奈は遮った。「たとえ双方合意のうえでも、クレジットカードを他人に貸与することは禁じられています。まして暗証番号を教えて自由に使わせるなんて、カード会社が事実を知ったら、即刻契約を解除されますよ」

瑞帆は打ちのめされたように下を向いた。隣りで娘の優里菜が怯《おび》えたように身を固くし、しきりに目を泳がせている。

井関が怪訝《けげん》な顔になった。「おい。いったいなんの話だ。なにがどうなってる？」

女子高生の尚美はスマホをいじっていた。「くだらない」

絢奈は醒《さ》めた気分で尚美を眺めた。「あなたもきょうのツアー日程は、ソウル東大門署の留置所。羽田に強制送還されて親が号泣」

「ちょっと」尚美が顔面を紅潮させ睨《にら》みつけてきた。「なんでそんなことになるの？」

「恐喝の共犯じゃん。たくさん買い物もしたし」

ふいに尚美は取り乱していった。「つ、鶴原さんが買ってくれただけ！　返せってんならすぐ返す」

鞠華が尚美を叱りつけた。「黙っててよ！　あんたになにか買ってあげたおぼえなんかない」

絢奈は鞠華を見つめた。「ゆうべ東大門でたくさん買い物してたでしょう。手提げ袋をいっぱい持ってたけど、レシートはそれ以上に長かった。残りはホテルに届けてもらうとかいってなかった？　わたし朝までロビーにいたけど、そんな届け物はなかった」

「そんなの店側のミスでしょ。わたしが従業員に確認するのを、添乗員さんたちも見てたじゃない。従業員もうなずいてた」

「あの従業員は日本語がわからなかった。山ほど買い物をしたあなたに逆らわず同意してみせただけ。いいからクレジットカードを持ち主に返却したら？」

また静寂がひろがった。鞠華はためらいがちに財布をとりだした。クレジットカードをテーブルに置くと、瑞帆に押しやった。

瑞帆も視線を落としたままだった。体裁悪そうにカードを一瞥《いちべつ》する。そっと手を伸ばしカードを回収した。娘の優里菜はいまにも泣きだしそうな表情をしている。

東大門での買い物が楽しみだったはずの福田母娘《おやこ》が、歴史文化公園のベンチに座ったまま動かずにいた。鞠華にクレジットカードをとりあげられたからだ。瑞帆には鞠華にカードを差しださねばならない負い目があった。

川添が腰の引けた態度でつぶやいた。「いま恐喝とか……。鶴原さんが福田さんを脅してたってこと？　仲村さんもその共犯で……」

尚美は険しい表情で否定した。「共犯だなんて。そこまで大げさな話じゃないし」

「いえ」絢奈は首を横に振った。「立派な共犯。弘大のカフェで、あなたはわたしにいったじゃん。東大門に着いたら、もっと興味深い動画を見せてあげるって」

絢奈はスマホをとりだした。動画を再生し、画面を一同に向ける。

賑《にぎ》やかな音楽が奏でられた。ユーチューブに上がっていた『アジアン・ニュー・スターズ』の第一回だった。『SIXTEEN』のパクリのようなセットに、出演者の練習生らが勢ぞろいしている。ソン・ユジョンの姿もそこに含まれていた。

「あん!?」隅駒が身を乗りだした。「い、いまの……。福田優里菜さんか？」

井関や川添、亜弓らも愕然《がくぜん》としていた。妃華莉と美波も、信じられないという顔を優里菜に向けた。

母親と同様、優里菜もうつむいている。両手で顔を覆うと、肩を震わせ泣きだした。

美波が動揺をあらわにした。「どういうことなの？　優里菜さん、練習生だったの？」

まさしく元練習生だ。本名とは異なる芸名で番組に参加している。オルチャンメイクと衣装でばっちりきめた優里菜の姿が画面内にあった。

弘大のカフェで鞠華はいった。ソン・ユジョンでしょ。サバイバル番組で見た。『アジアン・ニュー・スターズ』ってやつ。鞠華は福田母娘にも問いかけた。知ってるでしょ、ソン・ユジョン。

福田母娘はとぼけたものの、内心まずいと思ったにちがいない。優里菜とユジョンが知り合いなのが鞠華にばれている。鞠華は周りに悟られないよう福田母娘を脅した。尚美もあの場でスマホを検索し、『アジアン・ニュー・スターズ』の動画を見つけ、優里菜とユジョンの共演を知った。

尚美は当初、その動画を絢奈に見せようとした。だが東大門に着いたのち、鞠華が福田母娘からクレジットカードを巻きあげたのを機に、尚美も一枚加わった。動画は絢奈に見せなかった。今後も福田母娘から金をせしめられると思ったからだ。

井関が忌々しげにいった。「いますぐ警察を呼ぼう。犯罪じゃないか」

鞠華と尚美は怯えた顔になり、萎縮《いしゅく》して震えるばかりになった。

隅駒は片手をあげ井関を制した。「まってください。福田優里菜さんとユジョンさんが知り合いだったとして、なぜ脅しのネタになるんですか」

絢奈は答えた。「福田さん母娘は最初から、池嶋範子さんの協力者だったんです。

景福宮で範子さんをツアーから抜けださせると同時に、三時間ずっと範子さんが景福宮にいるかのごとく、アリバイを作るつもりでした。優里菜さんが旧知のユジョンさんに連絡し、範子さんの身代わりを演じてくれるよう頼んだんでしょう」

「すると日本を発《た》つ前から、池嶋範子さんはツアーを抜けだすつもりだったんですか。いったいなんのために？」

「『ビジネスや留学、医療受診などを目的とする参加はできません。規則に違反した場合、賠償請求がなされることがあります』注意書きにはそうあるけど、範子さんは美容整形を受けるため、安い観光ツアーでソウルに渡りたかった」

美容整形医院について、景福宮から近い順に、絢奈は夜通し電話をかけた。じつは美容整形医院にも入院施設がある。複数箇所の手術を同時に受けた場合、経過を診る必要があるため、数日にわたり入院を勧められる。よって夜中でも職員が電話にでてくれる。

範子が受診したのは、世宗路《セジョンノ》聖堂近くのチョルセミイン整形病院だとわかった。だが範子は入院していなかった。頬の脂肪吸引なら、痛み止め薬と消毒液を処方するだけで帰らせる、それが同病院の方針だという。

そもそも範子による当初の予約内容は、目の下のプチ整形のみだった。そのていどなら三時間後、なにごともなかったかのようにツアーに復帰できる。ところが院長の説明をきくうち、頰の脂肪吸引に興味を持ったらしい。三時間以内でできると院長が告げると、範子はぜひやりたいといった。

脂肪吸引は手術後、大きく腫《は》れる。完全に腫れが引くまで三か月はかかるという。これは範子にとって誤算だったにちがいない。院長は事前に説明したと主張しているが、範子には韓国語がよくわからなかったのかもしれない。よってツアーに帰りたくても帰れない顔になってしまった。

絢奈はいった。「ユジョンはABC韓服で、範子さんと同じチマチョゴリを借りた。福田さん母娘はユジョンと行動し、あたかも範子さんが一緒にいるように振る舞った。範子さんが立ち去る前に、まとめて撮っておいた画像の時刻データをいじり、景福宮にずっと滞在していたように見せかけることにした」

美波があわてだした。「まってよ。範子さんがユジョンさんと入れ替わったのは、倒れたあとだよ？」

それはちがう。絢奈が真実に気づいたのは昨夜、能登からの電話のおかげだ。ラテラル・シンキングで導きだせなかった答えを、ロジカル・シンキングで分析できたのは、能登による電話越しの指導あってのことだった。

絢奈は横断歩道を渡ってくる群衆のなかに、能登の顔を見つけた。たしかに能登だと思った。ふだん背筋をまっすぐ伸ばしている能登が、猫背であっても気にならなかった。だが駆け寄ってみたところ、まるで別人だとわかった。よく見れば似ても似つかぬ韓国人の老紳士だった。

能登はソウルに渡ったと嘘をつき、言葉巧みに絢奈の視界にいると信じこませた。高齢の男性を能登と錯覚する、そう確信していたようだ。

視界にとらえた対象物に関する情報が曖昧《あいまい》な時点で、脳は現実の可能性が高いと思われる解釈をする。焦燥に駆られた心境なら、なおさら見まちがいが生じやすくなる。

福田優里菜と範子の並んだ姿を、福田瑞帆がスマホカメラで撮影した。瑞帆が微笑しながらシャッターを切った、そう美波は証言した。撮影者である瑞帆の顔が見えていた以上、被写体のふたりは美波に背を向けていたことになる。その段階では範子の顔を視認できていない。

ユジョンが倒れたとき、美波はそれが範子だと信じた。突っ伏した範子が口から泡を噴いているのを見た。うつ伏せの体勢なら髪が顔にかかる。はっきり見えていなくても、美波の目にはユジョンが範子に映った。動揺のせいばかりではない。そう信じるに足る、疑いようのない経緯があったからだ。

「じゃあ」美波は驚愕《きょうがく》のいろを浮かべた。「倒れたのは最初からユジョンさんだったの？　卒倒した理由は、お医者さんの診断どおり……」

「栄養失調」絢奈はいった。「範子さんの身代わりが急に倒れて、福田さん母娘《おやこ》はあわてた。電波が入らないのを承知で、美波に救急車を呼ぶよう頼み、その場から追い払おうとした」

福田瑞帆が取り乱したように叫んだ。「ちがいます！」

井関は腕組みをし、蔑《さげす》むような顔を福田母娘に向けた。「いまさら言い逃れか」

娘の優里菜が顔をあげた。真っ赤に泣き腫らした目でうったえた。「母もわたしも、ユジョンが倒れて動転して……。ただ救急車を呼んでほしいと思っただけです」

「見苦しい」井関が吐き捨てた。「母親同様、娘も虚言癖の持ち主か」

「ほんとなんです！」優里菜が切実に主張した。「松永さんが走り去ったあと、わたしはスマホをとりだしました。でも圏外だった。母のスマホもそうでした。東南アジア系の人たちが駆け寄ってきて、ユジョンを日陰に運んでくれたので、わたしは母とともに松永さんを追いかけたんです」

絢奈は優里菜を見つめた。「東南アジア系の五人組、知り合いじゃなかったの？」

「全然知りません。そこだけは嘘じゃありません。信じてください」

　五人組は無関係だったのか。いや、男たちはジャマーをしのばせていた。美波や福田母娘がユジョンから離れたのはそのせいだ。疑惑の対象から外すには早すぎる。

　美波が唸《うな》った。「交泰殿の前庭に駆け戻ったとき、ユジョンさんには口から泡を噴いた形跡がなかったけど……」

　優里菜が涙ながらに応じた。「日陰に運ばれたユジョンの口を、わたしがハンカチで拭《ぬぐ》ったんです。そのままにしておくのは可哀想だったし」

　絢奈はため息をついてみせた。「福田さん。いかにも悪気はなかったと言いたげですけど、病院に着くまでのあいだに、スマホカメラをいじりましたよね。アリバイ工作用に三時間ぶんの時刻を記録した画像のうち、午後一時四十七分のを最後にして、残りはすべて消去した」

　母娘はそろって泣きだした。瑞帆が嗚咽《おえつ》にまみれた声を響かせた。「ばれるのが怖かったんです。そのうち範子さんが戻ってくれば、うやむやになると思ってました。でも戻ってこなくて……。ごめんなさい」

　問い詰めることが目的ではない。いまやたずねたいことはひとつだけだった。絢奈は瑞帆にきいた。「範子さんはいまどこにいるんですか」

「……お恥ずかしい話、まったくわからないんです。範子さんとは、あるＫ‐ＰＯＰ

グループのハイタッチ会で知り合いました。美容整形用の個人旅行は高くつくという話になり、せっかくだからソウル行きツアーから抜けだせばいいと……。でも三時間で戻るはずだったので、どこに隠れているかは見当もつきません」

妃華莉が神妙な顔でささやいた。「絢奈。範子さんは最初から美容整形にでかけるつもりだったんでしょ。ってことは財布やパスポートも……」

絢奈はうなずいた。「当然持ち歩いてる。チマチョゴリの下に服を着ていただろうし……。どっかの安宿かネットカフェに泊まってるのかも」

「警察に事情を話せば、顔写真をばらまいてくれるんじゃない？」

「顔の印象が変わってる可能性もある。頬が腫れてる日本人女性といったほうが、早く見つかりそう」

井関がおずおずと告げてきた。「そのう、さっきはあんなふうにいったが、ツアー客のほうに問題があるのはよくわかった。もちろん俺はやらかしてない。添乗員にとって大変なのはわかるが、どうしてもきいておきたい。俺たちは今後どうなる？」

全員の顔が絢奈に向いた。ツアー続行を願う者、贖罪《しょくざい》に満ちた目で見つめる者、警察に突きだされないでと祈る者。八人の思惑はさまざまにちがいない。

反省や後悔は各自に感じられる。甘いかもしれないが、ソウルツアー中に起きたトラブルを表面化させるわけにもいかない。

絢奈はささやいた。「失踪《しっそう》や誘拐ではなかったので、旅行会社にそのように説明し、ツアーを継続します」

川添がきいた。「池嶋範子さんはどうなる？　ほっとくのか？」

「ツアー客のひとりですから、もちろん合流してもらいます。予定どおりみなさんと一緒に帰国します」

「でも」亜弓が当惑をしめした。「どこにいるかわからないんでしょ？」

残る問題はそれだけだった。絢奈は優里菜を見つめた。「ソン・ユジョンに連絡はつく？」

優里菜が申しわけなさそうに応じた。「きのうからラインしてるけど、いちども返事がないんです。電話もかからない。事務所のマネージャーが厳しいから、スマホを没収されちゃったのかも」

「ユジョンと範子さんは知り合い？」

「いちおう連絡先だけは交換してるはずです……。なにかあったときのために」

井関が鼻を鳴らした。「まさしくいまが、そのなにかだ」

あたってみるとすればユジョンしかない。極細の糸にすぎないが、範子の居場所に結びつくことを祈るのみだった。

「いいですか」絢奈は一同を見まわした。「今後二度と、添乗員に嘘をつくことを禁止します。ツアー旅行が楽しい思い出になるかならないか、お客様の気持ちしだいです。きょうの午前中はNソウルタワーに行く予定を変更し、ふたたび東大門に向かいます。福田瑞帆さんのクレジットカードで購入した物を、すべて返品してもらいます」

鞠華と尚美が困惑の顔を見合わせたが、ふたりとも肩身を狭くしてうつむいた。

亜弓が戸惑いを深めたようにきいた。「わたしたちもですか……？」

絢奈はてきぱきといった。「ツアーは団体責任です。全員で事情聴取を食らうよりはましでしょう。ではみなさん、部屋に戻って準備してください。バスは予定時刻どおり出発します」

16

絢奈は東大門に同行するつもりだったが、妃華莉は自分がツアー添乗をするといった。誰かがソン・ユジョンに接触しなければならない。寮住まいをしているユジョンの居場所は、優里菜も知らなかった。よってソウル公演芸術高校へ行き、ユジョンの登校時につかまえる必要がある。

美波は絢奈と一緒に行き、ユジョンを捜したいと告げてきた。少なからず責任を感じているようだ。ツアーはいったん妃華莉にまかせ、絢奈と美波はソウル公演芸術高校に向かうことにした。

明洞から移動した先、ソウル駅で乗り換え、温水《オンス》駅をめざす。到着まで四十分かかる。車内で絢奈のスマホが短く振動した。画面を見るとSMSを受信していた。文面はハングルだった。

「なに？」美波がきいた。

「警察署から連絡」絢奈はため息をついてスマホをしまいこんだ。「けさABC韓服の入口前に、池嶋範子さんの借りたチマチョゴリが、きちんと畳んで置いてあったって。延滞料金をいれた封筒と一緒に」

「夜のうちに持ってきたのかな」

そうにちがいない。範子はホテルにも無事を知らせるカードを届けた。申しわけなさは感じていても、いまさら合わせる顔がないと考えているのだろう。頬が腫《は》れていようが、べつにかまわないのに。

「ねえ」美波が絢奈を見つめた。「ソウル公演芸術高校って、堀越みたいに芸能人が多く通ってるってだけ？　それとも芸能人コースみたいなのがあるの？」

「もとは商業高校だったけど、十年ぐらい前、国の方針で芸術系特殊目的高校の認可を受けたとか。それ以降は芸術系を専門に教える学校になったって」

「へえ。ガチで芸能人養成学校？　日本じゃ考えられないね。でも卒業したら事務所に入れるってわけじゃないんでしょ？」

「学校に事務所のスカウトが来て、ショーケースっていう生徒向け合同オーディションがあるってきいた」

「マジで？　まるで漫画」

「ソウルに三つか四つあるその種の学校のなかでも、いちばん人気。在籍する芸能人も練習生も大勢いる。学費は年に一千万ウォンぐらい」

「百万円。高いね」

倍率も高い。ソン・ユジョンはそこの生徒である以上、貧しい家庭の育ちとは思えなかった。範子の身代わりなどという、一種の闇バイトをする必要があったのだろうか。

温水駅に着いた。ベージュいろの立派な駅舎をでると、素朴な市街地がひろがっている。ソウルの中心街からはかなり遠ざかった印象がある。辺りは低層のビルばかりで、幹線道路沿いの商業施設もまばらなうえ、いずれも小規模だった。

例のお洒落《しやれ》な黄いろい制服が、そこかしこを歩いていく。歩道をその方角へ向かうと、やがて視野が開けた。バス乗り場がある。制服の群れがライムグリーンの路線バスに吸いこまれていく。車体側面には緑地に白抜きで、6716の番号が記載されていた。

美波が歩きながらいった。「あの制服、カラシいろって理解してたけど、陽の光が当たってると、ちょうどいい感じに黄いろだね」

「ネット画像で見ると、もっとオレンジっぽいのにね。なんでカラシいろだと知ってた？」

「あゆっしのユーチューブで観た」

絢奈は苦笑した。「わたしもそれぐらいの予備知識しかない。だいじょうぶかな」

乗車の待機列に加わると、ほどなくバスのステップを上ることになった。ソウルに何度となく来ていても、添乗ばかりで公共交通機関には疎い。戸惑いながら千ウォンを払った。

車内では座れなかったが、黄いろい制服の高校生たちはみな着席している。立ち乗りは絢奈と美波ぐらいだった。バスが走りだした。日本では考えられない急発進と急停車。ふたりはいちいち危なっかしくふらついた。温水駅の8番出口前でバスが停車した。黄いろの制服がさらに続々と乗りこんでくる。座りたいがため、わざわざ駅から少し離れたバス乗り場まで歩いた、そんな生徒が多かったのか。それともただ行きやすいバス停を選んでいるだけなのか。いまだ勝手がわからない。

　車内は黄いろい制服でいっぱいになった。日常の通学風景とはとても思えない、ドラマかアニメのような光景だった。ところが逆に高校生たちのほうが、やけに絢奈と美波を注視してくる。目が合うと女子高生らがくすくすと笑った。

　美波は硬い顔でささやいた。「向こうからすると、AOAみたいなコスプレをした変な日本人が……」

「いわないでよ」絢奈は小声で釘《くぎ》を刺した。「気分が果てしなく落ちこむし」

　車窓の風景は都会でもなく田舎でもない、八王子《はちおうじ》か千葉あたりの印象が漂う。ほんの十分ていどで到着したバス停で、黄いろい制服たちが降車し始めた。絢奈と美波もそれに倣った。

　住宅街はあるものの、山がごく近くに見えている。高校生たちが向かうほうに、絢奈たちも歩いていった。山林の斜面が自然のまま残る傍らに、区画整備済みの宅地と、舗装された上り坂が延びている。道端には低層のビルが多く建つ。その先に煉瓦《れんが》いろの校舎が見えていた。

　坂道の中腹で絢奈たちは立ちどまった。美波がきいた。「まだ登校が始まったばかり？」

「だと思う。登校は八時半まで、授業は九時からだって。早朝の部活なんて、韓国ではあまりないっていうし」

　この坂道を上るのが唯一の通学路に思える。ここでまっていればユジョンが来る可能性はある。だが道端に立ち尽くしていると、やはり高校生たちにじろじろ見られる。絢奈は美波とともに背を向けた。

　美波が恨み節を口にした。「帰国したら社長を訴えてやる」

　絢奈はため息をついた。「同感」

「韓国映画を観てると、いつもうちの社長みたいなクズ男が……」美波が息を呑《の》む気配があった。「絢奈」

　はっとして振りかえった。美波が見つめる先、黄いろい制服にリュックを背負った女子高生、ソン・ユジョンが立っていた。いま登校してきたところだ。啞然《あぜん》とした顔が絢奈を見かえしている。

次の瞬間、ユジョンは猛然と坂道を駆け上りだした。

「まって《ギダリョ》！」絢奈は走って追いかけた。美波も後ろをついてくる。

高校生たちが驚きながら振りかえる。その隙間を縫うようにユジョンが逃走していく。絢奈は全力疾走したものの、追いつくより早く、ユジョンは坂道を上りきってしまった。

その先にはSOPAの校章が入った門柱が立つ。日本の学校のようにグラウンドに面してはいない。間口の狭い校門は車両通用口と並んでいて、まるで工場のエントランスのようだった。鉄製の門は開放されているが、敷地を入ってすぐ、上りの外階段がある。ユジョンはほかの生徒らにまぎれ、外階段を駆け上っていった。ここから先は部外者が立ち入れない。

美波が途方に暮れた顔できいた。「どうする？　これじゃ次のチャンスは下校時間だよ」

絢奈は困惑しながらも、絶えず校内を観察しつづけた。芸能人が通う高校だというのに、思いのほか警備は手薄だ。門を入って左手に警備小屋はあるが、生徒たちの名札や身分証をいちいちチェックしているわけではない。外階段の上には教職員らしき姿があるものの、ほどなく引っこんでいった。

校門の手前でふたりの女子生徒が立ちどまった。ひとりがだるそうな声を発した。「そうだ、《マッダ》きょう《オヌル》体育があるんだった《チエユッシガンイッジ》」

もうひとりがやれやれという態度をしめした。「どうしよう《オトッカジ》。体操着持ってきてないよ《チエユッボッアンカジョワッソ》」

「わたしも《ナド》。ばっくれちゃおうか《テンテンイチルカ》、午前中《オジョンスオッ》」

絢奈はふたりに向き直った。妙な気配を察したらしく、ふたりの女子生徒も眉《まゆ》をひそめ、そろって絢奈を見かえした。

17

絢奈は黄いろい制服を着て、ソウル公演芸術高校の校門を通過した。美波も同じ制服を着ている。登校した高校生たちに歩調を合わせ、素知らぬ顔で外階段を上っていった。

美波が腕にすがりついてくる。震える声で耳打ちした。「まずいって、絢奈。こんなの絶対にまずい」

「行方不明のツアー客を連れ戻せないと、もっとまずいことになる」

「だからって、これ不法侵入じゃん」

「わたしひとりで行くっていったのに、どうして美波までついてくるの？」

「さっきのふたり連れ、どっちも制服貸してくれるっていうし」

「おかげでお礼も倍額払ったけど」

「絢奈をひとりで行かせられないよ」美波は両手で胸もとをさすった。「このジャケット、身体にぴったりで動きにくい。素足じゃなく肌いろのストッキングを穿《は》くのも初めて知った」

外階段を上りきったところに、教員らしき男性が立っていた。生徒たちがアンニョンハセヨと挨拶《あいさつ》しながら通り過ぎる。美波がより強くすがりついてきた。ふたりそろって、うわずった声でアンニョンハセヨと告げ、足ばやに校舎に駆けこんだ。

エントランスを入ってすぐ正面の壁は大理石で、赤地に金の世界地図のオブジェが掲げてある。ホテルのような高級感に圧倒される。ただし教室のドアが連なる廊下には、さほど特異な雰囲気はなかった。壁は白と青のツートンカラーの塗装、床はコンクリートだった。

渡り廊下の全面窓に鉢植えが並べてあったり、おそらく英語のみ使用可能な区画表示があったり、変わった飾りつけが随所にある。それでも全体としては学校にちがいない。校庭が見える側の窓から外をのぞくと、日本と変わらないグラウンドがひろがる。サッカーゴールが据えられ、フェンスの向こうには山林が連なっている。

授業の開始前のため、生徒たちが自由に廊下を行き交う。黄いろい制服にも目が慣れてきた。校舎内の面積はあまり広くない。ひとつのフロアはすぐに隅々まで制覇してしまった。

階段を上りながら美波がいった。「BTSのグクがいたころとか、こうやって忍びこむサセンとかいなかったのかな。警備が緩すぎて危なくない?」

「ふしぎだよね。でも韓国人って案外おおらかなところがあるから……」

新たなフロアの廊下に入った。ここも生徒たちで賑《にぎ》わうなか、行く手で三人の女子生徒が立ち話をしている。うちひとりがこちらを見たとたん、愕然《がくぜん》とする反応をしめした。まぎれもなくソン・ユジョンだった。ユジョンは身を翻すや、廊下を逃走していった。

絢奈は美波と顔を見あわせ、すぐに追跡を開始した。がむしゃらに走って追いかける。ユジョンは教室のなかに飛びこんだ。絢奈たちも駆けこもうとしたが、戸口に三十代ぐらいのジャージ姿が立ちふさがった。

男性が教師なのはあきらかだった。絢奈と美波をかわるがわる見ると、厳しい口調で問いかけてきた。「どこのクラスだ？《オディバンイヤ》」

美波はあわてているせいか、絢奈に日本語でたずねた。「この人誰？　生活指導の先生とか？　ジャージだし」

「しっ」絢奈は美波を制した。美波は失言に気づいたらしく、両手で口を覆った。

教師は眉間《みけん》に皺《しわ》を寄せ、美波をじっと見つめた。「ハン・セヨン。専攻授業《ジョンゴンスオッウン》は？　ここは実用舞踊科だぞ《ヨギヌンシルヨンムヨンカヤ》」

制服の名札を見たらしい。ハン・セヨンは制服を貸してくれた女子生徒の名だった。校内に日本人留学生のクラスがあるはずだが、名札を確認されてしまったからには、もうそんな弁解はできない。

美波は凍りついた笑みで応じた。「わたしも実用舞踊科です《ジョドシルヨンムヨンカエヨ》」

「ほんとか？《ジンチャヤ》　なにか踊ってみせろ《ハンボンチュムチョバ》」

廊下には野次馬の生徒たちが集まりつつある。絢奈はさすがにたじろいだ。「ま、まずいって、美波……」

「どうしよう、絢奈。『ノムノムノム』ぐらいなら、なんとかならない？」

「無理だって」絢奈はあわてて、美波が両手のこぶしを顎《あご》の下に置くのを、全力で阻止にかかった。「やめて。踊ろうとしないでよ。見物人が増える」

教師が目を怒らせた。「おい。なにを喋りあってる？　いまのは日本語か？《ヤムスンイエギヘジグムイルボンオヘッソ》」

もうごまかせる段階ではない。絢奈は教師に向き直った。白状しようとしたとき、思わずはっと息を呑んだ。

戸口にユジョンが姿を現した。教師が振りかえる。ユジョンは複雑な表情とともにたたずんでいた。

18

ユジョンがごまかしてくれたおかげで、絢奈と美波は間一髪ことなきをえた。すぐにユジョンは職員室に赴いた。早退する旨を伝えたという。

午前十時すぎ、新村《シンチョン》の閑静な住宅街に延びる道を、制服姿のユジョンがすたすたと歩いていく。絢奈は美波とともにその背を追いかけた。

ユジョンは絢奈たちの同行を了承してくれたが、学校をでてからはなにも喋《しゃべ》らなかった。常に足ばやに歩き、会話を拒絶しつづけているようだ。

美波がささやいた。「絢奈。この制服、早く持ち主に返したほうがよくない？」

添乗員のスーツは女子生徒ふたりが着ていった。いまはどこかで好き勝手に羽を伸ばしている。正午に明洞で落ち合い、ふたたび服を交換する約束だった。それまではこの黄いろい制服のまま過ごさねばならない。

行く手でユジョンがふと立ちどまった。絢奈は妙に思い、ユジョンに歩み寄った。ユジョンは振りかえったが、視線を落としたままだった。失意に似たいろを漂わせながら、ユジョンがつぶやいた。「こんな騒動になっちゃったのは、わたしのせいだよね《イロッケイリコジンゴヌンナテムニャ》」

「いえ《アニャ》」絢奈は首を横に振った。「あなたのせいじゃない《ノテムニアニャ》。旧友の優里菜さんに頼まれて、やむをえず引き受けたんでしょ」

「……もうそんなことまで知ってるんだね。優里菜が話した?」

美波が微笑とともにいった。「絢奈が真相を見抜いた。すごいでしょ」

「そう」ユジョンの顔はあがらなかった。「優里菜を責めないでほしい。少しでもお金を稼ぎたいっていったのは、わたしのほうだから」

「でも」絢奈はユジョンを見つめた。「あんな立派な高校に通ってるのに……」

「両親は裕福ではないの。わたしをソウル公演芸術高校に通わせるために、無理して共働きしてる」

「練習生に給料はでないの?」

「大手はちがうだろうけど、うちの事務所はほんのわずかな生活費だけ。でも高額なレッスン料とか食費とか、ぜんぶ事務所がだしてくれてる。寮も無料《ただ》だし」

それでも余裕はないのだろう。小遣い稼ぎのため優里菜に協力したのか。絢奈はたずねた。「きのう退院してからは、家じゃなく寮に帰った？」

ユジョンはうなずいた。「こっぴどく叱られた。自主練って報告してたのに、コスプレして景福宮にいたのがばれたから……。日本人の失踪《しっそう》についてもいろいろきかれたけど、優里菜に迷惑をかけたくないし、なんとか黙って通した」

「範子さんがツアーに戻ってないのは知ってる？」

「もちろん。ゆうべうちに泊まったし」

絢奈は驚いた。「うちって？」

「寮のわたしの部屋。夜遅くになって、スマホに連絡があったの。範子さんからだった。ツアーに戻れなくなって困ってるって。寮は消灯時間を過ぎてたけど、住所を教えて、こっそり迎えいれた」

「ばれなかった？」

「夜間は警備もひとりだけだし、いちおう個室だから……。範子さんに会ったのは初めてだけど、ちょっとびっくりした。頬がぱんぱんに腫《は》れてたし、内出血で黒ずんでた」

「いまも範子さんはその部屋に……」

「いるよ。あんな顔じゃ一歩も外にでられないって。うちの寮は掃除も自分でやらなきゃいけないし、昼間も人が立ち入ったりしないから」ユジョンは歩きだした。「こっち」

絢奈と美波はユジョンに歩調を合わせた。美波が心配そうにいった。「きのう病院に来た事務所の人、キムさんだっけ。なんか乱暴じゃない？」

ユジョンはため息をついた。苦笑しかけたものの、笑みにまでは至らない、微妙な表情に留《とど》まった。「怒られてもしょうがない。自主練って嘘をついてバイトしたのはわたしだし」

「どの事務所もそんなふうなの？　なんだかあつかいが酷《ひど》い気がする」

「練習生のうち、エリート中のエリートだけが、あらゆる面で優遇された生活を送ってる。それ以外はみんな自宅からレッスン場通い。寮があるだけでも恵まれてると思わなきゃ」

「ほんとにそう？　自宅から通えばよくない？」

「寮に住むのは規則だから」

どうも妙な話に思えてくる。絢奈はユジョンにきいた。「いまの事務所を辞めて、ほかの事務所のオーディションを受けたりとかはできないの？」

「自分から辞めるって申しでたら、いままで事務所がわたしのためにかけた費用の三倍が、いっぺんに請求されちゃう」

「三倍って……？」

「違約金込み。両親にはとても払えない……」

「なんでそんなところに入ったの？」

「ほかが受からなかったから」ユジョンはようやく微笑を浮かべた。寂しげな苦笑いだった。「もうここしかないって、自分がいちばんよくわかってる。うちの事務所で練習生やってる子たちはみんなそう」

絢奈は黙っていた。添乗員は国ごとの特色を学ばされる。韓国については真っ先に、苛烈《かれつ》な競争社会が挙げられる。みな出世を第一に考えている。受験地獄を突破し名門大学に入り、就職戦線で勝利し、一流企業に属する。国が芸能を後押ししている以上、スターと呼ばれる立場も、日本では考えられないほどのステイタスとなる。家族全員が期待を寄せ、全力で支援する。中途半端にドロップアウトはできない。

幼少期から子供に異常なほどの重荷を背負わせる。そのことに疑問を持つ人がいないわけではない。けれども世の平等を政府に訴えるよりは、よりよい暮らしを送るため、みずからの地位向上のために尽力しようとする。それゆえ進んで競争社会に身を投じる。誰もがそんなふうに生きている。

　ユジョンがいった。「着いた」

目の前に建つのは、思いのほか老朽化した鉄筋コンクリートの平屋だった。塗装の剝げ落ちた外壁に、ほぼ隙間なく等間隔にドアが並ぶ。ひと部屋のスペースは限りなく狭いとわかる。そんな建物ながら、敷地に出入りするゲートのわきには、警備員の待機小屋がある。侵入者に備えているようには見えない。むしろ住人を逃がすまいとしているようだ。

　絢奈は美波を見つめた。美波も憂鬱《ゆううつ》な顔で見かえした。まるで捕虜収容所のようなつくりの寮だった。

　ドアへと歩きだそうとするユジョンに、絢奈は声をかけた。「ねえ」

足をとめ、ユジョンが振り向いた。なにかと目でたずねる。

「あのう」絢奈は言葉を選びながらきいた。「事務所に抗議する気はないの？　室内を見なくても、だいたい想像がつく。せめて並のコシテルぐらいの部屋に……」

「抗議だなんて」ユジョンはどこか哀しげな表情になった。「誰も文句なんかいわない。将来が潰《つい》えるのが怖いし」

「戦うのは未来を切り拓《ひら》くのと同義だよ」

　ユジョンは目を丸くしたが、やがて穏やかに微笑した。「添乗員さん。似合わないこというんだね」

「わたしの先生の言葉だから……」

「ありがとう。でもわたしにとっての戦いは、事務所と喧嘩《けんか》することじゃなくて、ライバルのなかで勝ちあがることだから。ほかのみんなもそう」

　微風がユジョンの髪を揺らす。絢奈は無言でユジョンを見つめていた。ユジョンはまた視線を落とし、ゲートへと歩いていった。警備員の待機小屋にアンニョンハセヨとささやきかける。

　絢奈と美波はあわてぎみにユジョンにつづいた。ゲートを通過しながら、横目で待機小屋を見やる。狭い小屋のなかに三人か四人もの警備員がいた。みなこちらを観察している。敷地に入ってからも、後ろから呼びとめられるのではとひやひやしたが、どうやら無事に済んだようだ。黄いろい制服のおかげだった。

　複数並んだドアのひとつに、송유정《ソンユジョン》と書かれたプレートがある。ユジョンはそのドアに近づいた。鍵《かぎ》をとりだしたものの、なにか異変を察したらしい。ドアノブをつか

んでひねった。ユジョンは妙な顔になった。ドアがそろそろと開く。施錠されてはいなかった。

入室しようとしたユジョンが、びくっとする反応をしめし、戸口に立ちすくんだ。絢奈もユジョンの肩越しに、部屋のなかをのぞきこんだ。

予想どおりの狭さだった。おそらく三畳もない。それでも整頓《せいとん》されているほうだった。床はカバン類や靴でいっぱいだが、衣服は壁ぎわにハンガーで吊《つる》してある。面積のほとんどをベッドが占める。そのベッドに座っているのは、池嶋範子ではなかった。室内に存在するのはひとりだけ、ずんぐりとした体格の中年男だった。

美波が切迫した声で絢奈にささやいた。「きのう病室に来た人。練習生のマネージメント部長で、キム・シニルっていう……」

キム・シニルは膝《ひざ》の上に置いたスポーツバッグをまさぐっていた。制服警官が病室に運んできたスポーツバッグ、すなわちユジョンの私物だった。

顔をあげたキムは、スポーツバッグを投げだし、ベッドから立ちあがった。「リュックをよこせ」

ユジョンは怯《おび》えたようすで、背負っていたリュックを下ろし、キムに差しだした。受けとったリュックをひっくり返される。キムが中身をぶちまけた。筆記具や教科書がベッドの上に散乱する。キムは苛立《いらだ》たしげにいった。「ソン・ユジョン。台本は？　勉強のために貸してやったろ」

「あ、あの」ユジョンは当惑をのぞかせた。「スポーツバッグのなかに……」

「ない。どこへやった」

絢奈はユジョンの背に声をかけた。「なんの台本？」

「『Mカウントダウン』……。二〇二〇年十一月五日放送の」

ずいぶん前の台本になる。勉強のため貸したとキムはいった。返却を求めるにしても、留守中に家捜しするほどの代物だろうか。

キムの目が美波に向いた。「まて。おまえ、きのうの日本人か。留学生だったのか？　チビでガキっぽいと思ってたら、やっぱり高校生だったんだな。よくも添乗員だなんて戯言《ざれごと》を……」

美波がむっとした。「ほんとに添乗員だってば。この部屋にうちのツアー客がいたはずです。彼女はどこですか？」

「ああ。あの整形直後の日本人女か。言葉がわからず要領を得ないんで、とりあえず連れてった」

絢奈はキムにきいた。「どこへ？　誘拐になりますよ」

「練習生の寮に勝手に入りこむほうが悪い。韓国の法律ではな、夜間住居侵入窃盗は重罪だぞ」

「彼女が窃盗なんかするはずない」

「台本がなくなってる。おまえらのしわざか？　ソン・ユジョンが日本人女を招きいれたに留《とど》まらず、おまえらふたりが共犯者だったわけか」

「おまえらおまえらって、わたしたちにもちゃんと名前があるの。わたしは浅倉絢奈」

「アヤカだ？　おいアライアヤカ。警察に通報されたくなければ、さっさと台本を返せ。でないと……」

「ＮｉｚｉＵじゃないっての！　わたしがスジやジス似に見える？」

「見えんな。デビューなんか絶対不可能なブスだ」

「なんだとぅ……」

「そもそもおまえら、なんの権限があってここに立ち入ってる？　どうしてソウル公演芸術高校の制服を着てる？　ああ、そうか。ここに忍びこむためか！」キムはユジョンを突き飛ばし、戸口から外に身を乗りだした。「警備員！　ここに侵入者がいるぞ、捕まえろ！」

ユジョンがふらつきながら後退し、その場に尻餅《しりもち》をついた。遠方から男たちの怒鳴り声が接近してくる。

やばい。絢奈は美波の手をつかみ走りだした。去りぎわユジョンに声をかける。「絶対に戻ってくる。きっと助けるから」

ゲートのほうから警備員らが迫り来る。絢奈と美波は敷地の奥へと向かわざるをえなかった。建物の外壁沿いに駆けていくと、たちまち最深部まで行き着いた。だが周りは金網のフェンスが囲んでいて、外には逃れられない。ふたりで角を折れ、フェンスの内側を逃走しつづけた。

このままでは追いつかれる。敷地内には雑草が生い茂っていて、美波の背丈ほどの高さに達していた。絢奈は美波とともに、茂みのなかに分けいった。しゃがみこんで身を隠す。

美波がか細い声できいた。「いったいなにが起きたの？」

絢奈は息を弾ませながら美波にささやいた。「福田母娘《おやこ》が台本を盗んだ」

「パクったの？　なんで？」

能登のおかげで、論理的思考が加わった水平思考が順調に機能する。絢奈は直感的に気づいた。羽田であの母娘はいった。『Mカウントダウン』という番組自体のファンだと。事前に優里菜がラインで連絡をとったとき、ユジョンが台本を持っていると知り、見せてほしいと頼んだ可能性がある。範子が美容整形医院から戻ったのち、東大門あたりで、福田母娘はユジョンと落ち合うつもりだったのだろう。

ところがユジョンは栄養失調で倒れてしまった。制服警官がユジョンのスポーツバッグを病室に持ってきた。絢奈と美波が警官とともに廊下にでて、立ち話をしていたとき、あの母娘はバッグのなかをあさった。『Mカウントダウン』の台本を見つけた福田瑞帆は、それを服の下に隠した。しきりに腹をさすっていたのは、台本がずり落ちないように心配していたからだ。

こうしてはいられない。絢奈は草むらに隠れたままスマホをとりだした。妃華莉に電話をかける。呼びだし音が数回、妃華莉の声が応答した。「はい。絢奈？」

「妃華莉、いまどこ？」

「東大門から仁寺《インサ》洞《ドン》に移動して、これから自由行動」

「ってことはまだ散開してない？　なら福田瑞帆さんに伝えて。『Mカウントダウン』の台本を、いますぐ返すように……」

「おい！」男の声が至近距離から呼びかけてきた。韓国訛《なま》りの日本語だった。「そこにいるのか。じっとしてろ！」

絢奈はまた美波の腕をつかみ、瞬時に茂みのなかから駆けだした。数人の警備員に包囲される寸前だとわかった。平屋建ての外周に沿って猛然と逃走する。警備員たちが怒号を発しながら追ってくる。ふたたびゲートが目の前に見えてきた。待機小屋のなかに人影は見えない。いまが脱出のチャンスだった。

ゲートから路上に飛びだした。とたんに走ってきたクルマに轢《ひ》かれそうになった。急停車とともにクラクションが浴びせられる。美波が両手を合わせて頭をさげたが、韓国では詫《わ》びのポーズではなく、ありがとうを意味する。ドライバーが面食らった顔をしていた。絢奈は美波とともにそそくさと逃げだした。

走りながら背後を振りかえると、警備員たちもゲートの外に出現していた。だがキム・シニルが大声で呼びとめるのがきこえた。追跡を断念した警備員らが、こちらを睨《にら》みながら待機小屋に引き揚げていく。

ふたりは息を切らしながら路上に立ちどまった。美波が汗だくの顔で見つめてきた。

「わたしたち助かったの？」

わからない。しかしキムがあくまで窃盗被害を訴える気なら、絢奈たちを追跡しつづけるだろう。警察を味方につけられない理由があるのかもしれない。安心できる状況にはほど遠い。範子はどこかに連れ去られた。しかも日本語がわかる警備員に、近くで会話をきかれてしまった。茂みのなかで電話中、絢奈は福田瑞帆の名をだした。『Mカウントダウン』の台本を誰が持っているか、あの警備員が知った可能性は高い。

スマホが鳴った。画面表示により妃華莉からの電話だとわかる。絢奈はただちに応答した。「はい」

「絢奈」妃華莉の情けない声が耳に届いた。「福田さん母娘を問い詰めたら、ふたりともいきなり逃げだした。タクシーに飛び乗って、そのまま姿を消しちゃった」

「な……。マジで？」

「ごめん……。母娘ふたりとも、仁寺洞の歩行者天国をいきなりダッシュしたもんだから、こっちも追いきれなくて」

「タクシーのナンバーは見た？」

「見てない……」

母娘そろって台本を盗んだ自覚がある、そう白状したも同然だった。絢奈はため息とともにいった。「わかった。気にしないで。仁寺洞の次はカロスキルだっけ？　そこでわたしたちも合流する。またあとで」

通話を切るや絢奈はうなだれた。さすがに厳しい状況だった。これでツアー客の行方不明者は三人に増えた。

美波が遠慮がちにささやいた。「絢奈。提案なんだけど、壱条さんに相談したら？　もうこれ一大事になってると思うし」

重苦しい気分に胸を締めつけられる。那沖に迷惑をかけたくなかった。なのに事態がどんどん悪くなる。せっかく解決のめどがついたと思った矢先、また日韓関係が危ぶまれてきた。

19

霞が関の空は暗かった。厚い雨雲が覆い尽くしている。いまにもひと雨きそうだった。

那沖は中央合同庁舎第3号館の正面玄関をでた。急ぎロータリーの車寄せに足を運ぶ。白髪頭に燕尾《えんび》服の運転手、能登厦人がレクサスLSのわきにたたずんでいる。那沖の姿に目をとめるや、能登はかしこまった姿勢をとり、セダンの後部ドアを開けた。

乗車前に足をとめる。那沖は能登にいった。「部長にかけあって、ソウルへの緊急出張の許可をとりつけた」

「よく認められましたね」

「観光庁として重要な調査だと伝えて、なんとか理解してもらえた」那沖は気が鬱《うつ》するのを自覚した。「まだ部長には報告してないけど、絢奈のツアーの現状は深刻だ。失踪《しっそう》が三人に増えた」

「韓国芸能界とは直接的なつながりのない事案でしょう？」

「最初のひとりはね。こっそり整形手術を受けたがってた女性はともかく、母娘のほうはそうもいかない。番組台本を盗んだり、芸能事務所の部長が出張ってきたり、いろいろ厄介なことばかり起きてる」

「それらがそんなに問題視されるでしょうか。国交省や文科省も、ただのツアー中のトラブルと考えるのでは？」

那沖は首を横に振った。「真実は重要じゃないんだ。関係各機関は、日本の未成年者を芸能人志望として渡韓させたくない、その一点張りだ。ツアー中どんなトラブルが発生しようと、情報はマイナス材料として利用される」

「日本人のツアー客どうしに生じた恐喝騒ぎもですか？　韓国人練習生のスポーツバッグから台本を盗んだことといい、たんなるマナーの悪さが原因でしょう」

「質の低い参加者しか集まらなかった事実も、韓流芸能ツアーを廃止する潮時と受けとられる。とにかく今回のツアーでは、いっさい揉《も》めごとを起こしちゃいけなかったんだよ。これじゃ今後ソウル行きの旅行者は激減、観光業界にとって大打撃になる」

「最も心配なさってるのは、業界の将来より婚約者の安全ではないのですか」

「……なんでそんなことを？　当たり前だよ」

「結構です。それをきいて安心しました。であればさっそく羽田に向かいましょう」

「家に寄ってくれ。旅の準備が必要になる」那沖は後部座席に乗りこんだ。

能登がドアを閉めた。ゆっくりと車外を迂回《うかい》し、運転席に向かう。乗車する動作は優雅でゆとりを感じさせる。ただ那沖の本音としては、いまは運転手としての礼儀正しい振る舞いより、とにかく急いでほしかった。

「あのう、先生」那沖はきいた。「きょうも制限速度を遵守する？」

「もちろんですとも」能登はシートベルトを締めながら、那沖を振りかえった。「まさか私に、交通法規を無視せよと……」

「いや、もういいから」那沖はじりじりする気持ちとともにいった。「早くだしてくれないか」

「급할수록《クッパルスロク》 돌아가라《トラガラ》」能登は正面に向き直り、慎重にクルマを発進させた。「意味はおわかりでしょう。急がばまわれ、です。韓国にもまったく同じことわざがある以

上、疑いようのない真理でしょう」

20

正午を迎えた。絢奈は美波とともに明洞へ行き、元のスーツ姿に戻った。黄いろの制服も気恥ずかしかったが、丈の短いタイトスカートを穿《は》いたとき、これはこれで赤面ものだと思いだした。制服を貸してくれた女子生徒ふたりは、レトロチックな扮装《ふんそう》と解釈し、存分に楽しんだらしい。もっとも絢奈が謝礼金を弾んだせいかもしれない。ふたりとも満足げに引き揚げていった。午後からは授業にでるという。

次いで絢奈と美波は地下鉄で安国《アングク》駅まで移動し、ソウル鍾路警察署を訪ねた。受付で事情を説明すると、生活安全課に行くよう指示された。

刑事部屋の片隅で、接客用のデスクに現れたのは、頭髪が薄く無精髭《ぶしょうひげ》を生やした男だった。ファン・オソン班長と名乗った。めんどくさそうに応対する態度に、一見してハズレだとわかる。

ファン班長は半ばあきれ顔だった。「きのうもツアー客がひとり消えたとかで、警察に相談なさってますよね？　きょうもまたふたりですか」

韓国の警察は完全な中央集権体制で、中央の警察庁が一括して指揮監督する。福田母娘《おやこ》が消えたのが仁寺洞だったため、こうして所轄の鍾路署に足を運んだが、情報は警察庁に集約されていた。ファン班長も情報を共有し、きのうのできごとを把握済みのようだった。

むしろ話が早いと絢奈は思った。「さっき説明したように、きのういなくなった池嶋範子さんは、ある芸能事務所に身柄を拘束されてます。きょう福田さん母娘が逃げだしたのも、その事務所が遠因といえるんです」

ファン班長が禿《は》げあがった額を指先で掻《か》いた。「思うんですがね。三人もいなくなったのなら、ツアーは即刻中止すべきでは？　主催者の旅行会社さんと話しあうべきでしょう」

絢奈は首を横に振った。「日本の旅行会社には事態を報告しました。いまのところ三人がツアーを離れたのは、それぞれの身勝手な行動にすぎないと解釈されています。ほかのお客様の権利も考え、きょう夕方の番組観覧を含め、明日の帰国まで予定どおり日程をこなすべきだと……」

「そんなの無責任じゃないですか？　旅行会社が適切な判断を下しているとは思えませんがね。まったくいい加減なツアーですよ。わが国もいい迷惑です」

苛立《いらだ》ちが募る。絢奈は思わず声を荒らげた。「ええ、無責任ですとも！　旅行会社は旅先のトラブルについて、派遣添乗員に責任を押しつけます。今回のように政府が前向きでないのに、お金儲《もう》けのためだけに企画を組んだ場合、会社は最初から逃げを打つ準備をしています」

「そう思うのなら、なおさら旅行会社と協議を……」

「トラブルをこれ以上おおごとにするわけにいかないんです。渡韓自粛への呼びかけが拡大してしまいます！」

周りの刑事たちがいっせいに注視してくる。ファン班長は腰が引けた態度をしめした。

「いや」ファン班長がおずおずといった。「そう興奮なさらないでください。いろいろ事情はおありのようですし、話だけはうかがいますよ。芸能事務所とおっしゃいましたが、具体的にはどこの？」

「ムンリョ芸能事務所」

沈黙がひろがった。穏やかならぬ空気が刑事部屋に充満する。誰もがこわばった顔を向けてきた。ファン班長も同様だった。

美波が戸惑いぎみに辺りを見まわした。「あのう。なにか……？」

　ファン班長は血相を変え立ちあがった。「三人はツアーから勝手に姿を消した。基本それだけと、あなたもおっしゃいましたよね。以降の揉めごとは三人の責任でしょう。しかし事件が起きなければ警察は動けません」

　絢奈はファン班長を見つめた。「池嶋範子さんは誘拐されたも同然なんです」

「その理由は？　練習生の寮にあがりこんでいたんでしょう？　警察に通報したいのはむしろ、芸能事務所さんのほうじゃないですか。でもなにもいってこない。きっとお灸《きゅう》をすえたあと解放する気でしょう」

「解放されないから、わたしたちも警察に来たんじゃないですか」

「明日までツアーをつづける余裕があるなら、まだようすを見られるはずですよね。旅行会社のほうから芸能事務所さんに、詫《わ》びをいれてもらったらどうですか。とにかく警察のでる幕じゃありません。お引き取りを」

　呆気《あっけ》にとられているうちに、数人の私服が絢奈と美波を取り囲むや、廊下へと連れだした。気づいたときには刑事部屋から追い払われていた。

　困惑しながら階段を下《くだ》る。ふたりで建物をでた。辺りはソウルの中心街だった。高層ビルがそこかしこに建ち、道路を行き交うクルマも多い。絢奈は美波と並び歩道を歩きだした。

美波が大仰に顔をしかめた。「なんなの？　話をきいてくれるかと思ったのに、また態度を急変させてさ」

絢奈は歩きながらスマホを操作した。「ムンリョ芸能事務所ってきいたとたん、みんな怖《お》じ気づいたようすだった」

「きいたこともない事務所だけど、刑事がびびるほどの会社なの？」

ハングルで検索してみると、韓国国内のニュース記事が多くヒットした。トップに表示されたページを開く。絢奈は読みあげた。「企業規模を急拡大したムンリョ芸能事務所は、三大芸能事務所ＪＹＰやＹＧ、ＳＭと並ぶまでになりつつあり……」

「はあ？　マジで？　どんなタレントが所属してんの？」

絢奈はほかのページも閲覧した。だが所属タレントについては判然としなかった。

「有名どころがいるとは思えないけど」

「そんなのおかしいでしょ。ＣＪ　ＥＮＭや、Ｂｉｇ　Ｈｉｔエンターテインメントを差し置いて、三大事務所に並ぶなんて」

企業規模という表現も曖昧《あいまい》だった。なにをもって三大芸能事務所に匹敵するというのだろう。社員数なのか、資本金なのか、経常利益なのか。詳細を記したサイトはいっこうに見あたらない。

やがて気になる記事が目にとまった。絢奈はいった。「与党のイ・ジョンミン議員が発足に関わってるって……。資産家の議員みたい」

「でたよ。国会議員。韓国映画じゃいつも黒幕だよね。JYパークの主演映画もそうだった」

「餅《もち》ゴリの主演映画なんてあるの？」

「あるよ。動画配信もされてる。結構面白かった」美波の顔に笑みはなかった。「あのキム・シニルとかいうマネージャー、とうていカタギに思えない。ムショみたいな寮だってそう」

絢奈はスマホをいじりつづけた。「古い『Mカウントダウン』の台本にこだわるのはなんでだろ」

「あの番組、生放送だよね？　たしか二〇二〇年十一月とか……」

「十一月五日。ユジョンはそういってた」絢奈はその日の放送内容を検索した。「出演はTWICE、MONSTA　X、AB6IX《シックス》、TOMORROW　X《バイ》　TOGETHER、PENTAGON……」

「豪華だね。きょうの番組観覧とは大ちがい。でもほとんど歌ばかりなのに、台本にはなにが書いてあるんだろ？」

「そりゃ歌と歌のあいだのMCでしょ。カンペのとおり喋《しゃべ》ってるっぽいじゃん」

「麻浦《マポ》区のCJ E&Mセンターへ行って、Mネットのスタッフさんにきいてみる？どうせきょうの夕方には番組観覧するんだし」

当日の番組内容になにか問題があったとは思えない。同じ台本も別の場所で入手できるはずだ。キムがユジョンに貸した台本にのみ、なにか特別な記載があったのだろうか。ならなぜユジョンに貸す必要があったのか。

ラテラル・シンキングがたちまちひとつの可能性を形成しつつある。Mネットのスタッフにあたるのは賢明ではない。ムンリョ芸能事務所が情報どおりの規模なら、テレビ局での動きは筒抜けだろう。

絢奈は歩を速めた。「龍山《ヨンサン》に行ってから、カロスキルでツアーに合流する」

「龍山？なんでわざわざ？あそこって、ふつう外国人観光客が行かないからか、駅の表示看板とかが不親切なんだよね。店員の態度も」

「いいからついてきて」絢奈は前だけを向いて歩いた。「いままでこっちはずっと一歩遅れてた。後手から先手にまわるには餌がいる」

21

江南のカロスキルは青山《あおやま》や表参道《おもてさんどう》にうりふたつだった。銀杏《いちょう》並木の街路樹通りに、ファッションブランドのロゴが連なり、お洒落《しゃれ》なカフェもいたるところにある。日本人にとってはあまり韓国らしさを感じないからか、それともただ街めぐりをする心のゆとりがないせいか、ツアー客たちはさっさとバスに戻っているとわかった。

絢奈は美波とともに地下鉄で移動してきた。街路樹通りの路肩に寄せて停車したバスに、ふたりとも到着するや乗りこんだ。

嬉《うれ》しそうな顔で迎えてくれたのは妃華莉だけだった。三十人乗りの中型バスの車内、たった六人のツアー客が互いに距離を置き座っている。みな一様にむすっとした表情で、ただ窓の外を眺めつづける。

絢奈はいった。「みなさん。まだ出発まで時間がありますから、ショッピングにでかけられたらどうですか」

根暗な川添が皮肉っぽい声を響かせた。「買い物したい人は外にでろよ。誰かのクレジットカードをカツアゲしてさ」

眼鏡の鞠華と女子高生の尚美が陰気な顔でうつむく。亜弓が抗議した。「ちょっと。ふたりはさっき、土下座して謝ったんだよ。福田さん母娘《おやこ》にだけじゃなく、わたしたち全員に」

隅駒も真顔でうなずいた。「東大門でもすべての店に頭をさげて、返品を受けいれてもらった。本人たちがちゃんと反省してるんだから、これ以上責めるのはおかしいよ」

座席の前方に座っていた中年男の井関が、ツアー客らを振りかえった。「俺は認めないね。あの福田って母娘もそろって姿を消しちまった。ほかにもなにかやらかしてたっぽいな。ったく最低だぜ。こんな不届き者ばかりが集まるツアーだったなんてよ」

尚美がうつむいたままささやいた。「K－POPファンはいい人が多いよ。わたしが馬鹿だってだけ」

井関は鼻を鳴らした。「ほかにも何人か馬鹿がいるよな。やっぱ渡韓がタブーに見なされてきたこの時期に、好きこのんでソウル行きツアーに参加するなんて、変わり者しかいねえ。おかげで駄目ファンの吹きだまりになっちまったわけだ」

鞠華が硬い顔をあげた。「あのう。わたしがいうのもなんだけどさ。井関さんはなに？　喋れば人の悪口ばかり」

「そりゃな」井関が食ってかかった。「犯罪者が一緒にいたんじゃ、ツアーを楽しむどころじゃねえからな」

「なら返金を請求して帰国すれば？　ずっと添乗員さんの太股《ふともも》ばかり見てるくせに。あなたみたいな人は、最初からソウルもK-POPもどうでもいいんでしょ。ミニスカートから伸びる脚があれば楽しんでいられる」

「俺を変態男と一緒にすんな」

「真っ当で健全なK-POPファンでないのは同じ。韓国芸能界を売りにしたソウル行きツアーがなくなるのなら、ちゃんとしたペンはみんな、日本で開かれるコンサートやファンミにでかけるだけ。そもそもソウルの番組観覧も、ふつうは目当ての出演者がいる回にしか興味がない。わたしたちみたいに、ふだんから現実逃避しがちな、世間のモラル以下の人種ばかりが、こういうとき最後まで残る」

　バスの車内はしんと静まりかえった。誰もが身につまされるという顔をしている。井関まで苦言を呈さず、黙って前方に向き直り、深刻そうに肩を落とした。

　亜弓が嘆いた。「仕方ないじゃん。世間なんて嫌なことばっかり。わたし就職もしてないもん。二十八歳になってもまだ実家に引きこもってる。現実にはアーミーもブリンクも、まともな人が多いよね。ふだん学業か仕事に従事してるし、オンオフの切り替えができてる。わたしたちはちがう。四六時中K－POPにすがって、現実に目を向けてない」

川添は憤然としていった。「一緒にすんなよ。ツアーからこっそり抜けだしたり、アリバイづくりに協力したり、恐喝して金品を巻きあげたりする連中と、俺はちがう」

隅駒が首を横に振った。「似たようなもんだよ。みんな五十歩百歩だ。全員朝から自分勝手なことばかりいって、添乗員さんたちを困らせてたじゃないか。レベルの低いツアー団体っていう自覚はあるだろ？　僕らは韓流芸能ツアーがなくなるときいて、目当ての芸能人がいなくても参加をきめちまうような、依存度の高い駄目ファンなんだよ」

ツアー客の誰もが視線を落とした。通夜も同然の空気が車内にひろがる。

妃華莉が戸惑いぎみに声を張った。「みなさん、どうかそんなに落ちこまないでください。あと二時間少々で番組観覧ですよ。その前に上岩洞《サンアムドン》周辺の観光を……」

「ひっ」美波がいきなり、引きつったような声を発した。

絢奈は美波の視線を追い、ドア窓に目を向けた。とたんに衝撃を受けた。ドアの外に黒っぽいスーツが群れをなす。東南アジア系の面構えに鋭い目つき。例の五人組だ。いや五人だけではない。似たような男たちが十人ほども集結している。ブザーとともに自動ドアが開いた。東南アジア系の男たちはステップを上り、ずかずかと車内に踏みこんできた。

はっとして絢奈は運転席を振りかえった。いつの間にか運転手が入れ替わっている。やはり東南アジア顔の男がステアリングを握っていた。

ツアー客らが悲鳴を発した。全員が恐怖のいろを浮かべ、いっせいに逃げだそうとしたものの、男たちがたちまち車内を占拠した。ツアー客ひとりに対し、周りの席に男たちが陣取り、座るように威嚇する。ツアー客たちはみな萎縮《いしゅく》しながら着席した。

頬の痩《こ》けた口髭《くちひげ》の男が、ひとりだけ車内前方に立っている。絢奈を睨《にら》みつけ、韓国語で問いかけてきた。「福田瑞帆ってのはどいつだ？」

やはり警備員から情報が伝わったらしい。絢奈はとぼけた。「なんの話ですか」

口髭の男はいきなり美波を羽交い締めにした。美波が悲鳴をあげたが、自動ドアはすでに閉じられていた。男の手が美波の喉《のど》もとを絞めあげようとする。

妃華莉が悲痛な声でうったえた。「福田さんはいません。ほんとです」

「いないだと」口髭の男が唸《うな》るようにいった。「おまえらのツアー客だろうが」

絢奈はブラウスの裾《すそ》をスカートベルトから引っぱりだした。服の下に隠していたA4サイズの冊子をとりだす。

口髭の男がいろめき立った。表紙に『Mカウントダウン』のロゴが印刷されている。日付も表紙に記してあった。まぎれもなく二〇二〇年十一月五日放送分の台本だった。龍山駅周辺は秋葉原に似ている。かつては電気街だったが、すでにオタクの聖地と化して久しい。アニメイトの韓国一号店も龍山にある。番組の台本を売る店もいくつか存在した。さっき絢奈は美波とともに龍山に行き、同日の台本を購入してきた。

「よこせ」口髭の男は美波を人質にとったまま、片手を差しだした。

絢奈は台本を後ろにまわした。「まずわたし以外の全員を解放してよ」

美波がうっすらと涙を浮かべた。「絢奈……」

口髭の男は顔いろひとつ変えなかった。「おまえこそ台本を置いて、バスからでていけ」

「台本をほしがってるってことは、キム・シニルに雇われてるんでしょ？　池嶋範子さんを返してもらうために、わたしだけ一緒に行く。ほかのみんなは、いますぐ降ろして」

「誰も降車させるわけにいかん。通報されたら困るからな」

「通報？」絢奈はいいかえした。「降車しなくてもそうするかも」

「できると思うか」

威圧的な空気はいっこうに緩和されなかった。絢奈は片手でスマホをとりだした。画面を一瞥《いちべつ》し、圏外の表示を確認する。

東南アジア系の男たちが低く笑った。絢奈は唇を噛《か》んだ。やはりバッテリー式ジャマーを持ち歩いている。

口髭の男が運転席に指示した。「発進しろ。それとな、ええと、カウィン。台本を確保したと連絡しろ。人質も全員連れてくといえ」

前方に着席するエラの張った男が、トランシーバーをとりだした。彼がカウィンらしい。早口にまくしたてる言葉はタイ語のようだった。

絢奈は口髭の男に目を戻した。「微笑みの国の出身なら、スマイルに努めてよ。うちのツアー客が怖がってる」

ふんと鼻を鳴らし、口髭の男は美波を突き放した。倒れそうになった美波を妃華莉が抱きとめる。

口髭の男が悠然といった。「浅倉絢奈、みんなに通訳しろ。行き先を変更するってな。俺はコシン・タムサチャナン。おまえらの水先案内人だ。ここからはスリル満点のツアーになるぜ？」

22

バスは仁川方面へと飛ばしていき、空港に近い工業地帯に入った。絢奈は車内の最前列に着席していたが、隣りに口髭のコシンがいるため、立ちあがる自由さえなかった。

通路を挟んだ向こう側には、美波が怯《おび》えきった顔で座っている。その隣りにもエラの張ったカウィンが控えていた。後ろの席の井関も、東南アジア系の男たちに睨まれ、ひたすらすくみあがっている。ほかのツアー客たちも同様だった。妃華莉は後方の席に連行されていた。

まだ陽光は赤みを帯びていないものの、かなり傾いてきたと感じる。絢奈は隣りのコシンにいった。「右のスロープを上ってくれたら空港なんだけど」

「黙ってろ」コシンが凄《すご》んだ。「ツアー客に無事でいてほしいんなら、無駄口を叩《たた》くな」

「韓国語がじょうず。少し釜山の訛《なま》りがある。こっち来て長い？」

「仕事だからな。いいからもう喋《しゃべ》るな。頬の腫《は》れた日本人女と、おまえの台本を交換したら、全員解放してやる」

人質についてあきらかにした。もう犯罪を隠す気はないらしい。こうなると男たちがなりふり構わない手段をとる、そんな可能性がでてきた。もう刃向かうことはできない。

バスは工場の敷地内に乗りいれた。コンクリート敷の下り坂が地下へと延びる。バスは暗がりのなかに呑《の》みこまれていった。

オレンジいろの非常灯のみが照らす、殺風景な地下駐車場が視野にひろがった。停めてある車両はごくわずかだった。男たちが群れをなしているのが見える。スーツ姿だが、ジャケットの下は開襟シャツで、ネクタイを締めていない。東南アジア系ではなく韓国人のようだ。三十人ほどはいるだろうか。

停車したバスを男たちが遠巻きに包囲する。自動ドアが開いた。コシンが立ちあがりながら指示した。「後ろのほうの奴らから順に連れだせ」

ツアー客らが恐怖に顔を引きつらせ、男たちの手で車外へと連行される。絢奈は胸を痛めた。こんな事態になったのは添乗員の責任だ。

妃華莉と美波もバスから降ろされた。最後にコシンが絢奈の片腕をつかみ、引き立てようとする。絢奈はコシンの手を振りほどき、自分でステップを下りていった。

六人のツアー客らが青ざめた顔で寄り添う。絢奈たち三人の添乗員もそこに加わった。韓国人のスーツらが包囲を狭めてきた。ツアーの女性客は誰もが嗚咽《おえつ》を漏らしていた。

そのとき車椅子が近づいてきた。韓国人の男が押す車椅子に座っているのは、ほかならぬ池嶋範子だった。一見して本人とわかるものの、絢奈の想像以上に両頬が腫れていた。まるでブルドッグのような面構えと化している。とはいえ最初からそんな顔だったと思えば、さほど違和感もおぼえない。歩けないわけではなさそうだ。両手首が肘《ひじ》掛けに縛りつけられていた。

ツアー客たちは範子を見たとたん、いっせいに驚きの声をあげた。誰もが痛々しげな目で見守る。亜弓が震える声で問いかけた。「ほっぺ痛い？」

範子が首を横に振った。腫れのせいか若干くぐもった声で答えた。「麻酔注射がいちばん痛かった」

「傷口は？」

「耳の後ろを小さく切って、そこから脂肪吸引の管を差しいれて……。管がほっぺのなかをぐりぐり這《は》いまわったけど、そのときは痛くなかった」

「いまは？」

「平気。手術後に麻酔が切れてからも、飲み薬をもらってるし。だけどどんどん腫れちゃって」

こんな状況ながら、ツアー客らは一様に呆《あき》れ顔になった。井関がやれやれといった態度でつぶやいた。「その顔でよく、三時間でツアーに復帰できると思ったな」

「ごめんなさい」範子の目に涙が滲《にじ》みだした。「病院の壁に美人のポスターが貼ってあって、頰の脂肪吸引の効果だって……。でもこんなふうになって、とても帰れなくて」

鞠華が励ますように声をかけた。「だいじょうぶ。一か月ぐらいで顔の輪郭は元に戻る。触ったとき硬く感じたり、ちょっと痛かったりするけど、その後の二か月でどんどん細面になってくから」

ツアー客一同が鞠華を眺める。鞠華がばつの悪そうな表情になった。「わたしもやったことある。たいして綺麗《きれい》にはならなかったけど」

コシンがスーツの男たちに歩み寄った。「おい。人質を縛るのはよせ。万が一にもこんなとこを警察に見られてみろ。頰が腫れてるってだけで傷害の疑いをかけられちまうだろうが」

「でも」男のひとりが後方に顎《あご》をしゃくった。「チョン社長がこうするようにと」
絢奈はその方向に目を向けた。スーツが群れをなすさらに奥、黒塗りの大型セダンが停車中だった。後部座席に白髪頭の小太りが顔をのぞかせている。脂肪吸引したわけではないのだろうが、頬肉が垂れ下がっていた。

別の方角で群衆がふたつに割れ、キム・シニルが姿を現した。黄いろい制服の女子生徒の手首をつかみ、強引に連行してくる。ソン・ユジョンは恐怖におののく反応をしめしていたが、絢奈に目をとめると、表情に悲痛ないろが浮かんだ。

絢奈はユジョンを見かえし、心配ないと目でうったえた。実際には心もとない状況であっても、誰の不安も掻《か》き立ててはならない。

キム・シニルはユジョンから手を放すと、つかつかと絢奈に歩み寄ってきた。「台本は？」

絢奈は後ずさりながら、服の下から台本をとりだした。「ユジョンや範子さんも含め、全員をバスで帰してよ。不満ならわたしひとりが残るから」

「台本の確認が先だ」

「表紙見てわかんない？　ちゃんと二〇二〇年十一月五日放送分」

「それだけじゃわからん」キムが鋭い眼光を放った。「表紙裏に某タレントのサインがあるはずだ。見せてみろ」

ハッタリだと絢奈は直感した。そんなわかりやすい目印があれば、バスのなかでコシンが確認したはずだ。絢奈は微笑してみせた。「サインなんかない。知ってるでしょ」

「こっちに投げろ」

「みんなをバスに乗せてよ」

キムが目で合図した。男たちが車椅子を取り囲み、かぎりなく距離を詰める。範子のひどく怯える声がきこえた。

ツアー客に危害を加えさせるわけにいかなかった。絢奈は苛立《いらだ》ちながらも、台本をキムの足もとに投げた。キムがうなずくと、男たちは車椅子の包囲を緩めた。範子がほっとした顔でのけぞる。

拾いあげた台本を手に、キムがページを繰った。絢奈は油断なく観察した。

台本の最初のほうは、番組内のセリフや進行ではなく、関係者向けの情報が掲載されている。表紙を開いてすぐのページには、主要スタッフ名簿がある。次いで出演者一覧。関係各社一覧と連絡先。次のページは当日のスケジュール。さらに数ページが技《ぎ》打ち、すなわち技術打ち合わせ用に割かれる……。

キムの手がとまった。ページをめくり、また戻す。額に青筋を浮きあがらせ台本を閉じた。「これはちがう！」

やはり技打ち用のページか。龍山で買った台本に目を通したとき、絢奈は確信した。それら数ページは、素人が見ても理解できないようなセットの図面や、乱数にも思える複雑な数値の集合体で構成されていた。

技打ち用ページのなかに、同じ紙質の一枚を綴《と》じこめば、そこに場違いな数列や図表が載っていても目立たない。ムンリョ芸能事務所がなにか情報を隠したのだとしたら、そこ以外に考えられなかった。ラテラル・シンキングにより、抽象的ながらひとつの答えをみいだした。絢奈はあえて冷静な声を響かせた。「部長さん。いきなりのことだったもんね。偶然その場に居合わせた練習生のユジョンに、台本を持って逃がすしかなかったんだよね」

コシンが目を剝《む》いた。「アプススセクのことをなぜ……」

「しっ」キムが黙るよううながした。압수수색《アプススセク》か。家宅捜索、すなわちガサ入れのことだ。事務所はいちど警察の捜査対象になっている。新たに得た情報も、とっくに知っていたかのような口ぶりで披露し、敵に揺さぶり

をかける。絢奈はいった。「パソコンのHDDやUSBメモリは押収されちゃうけど、台本ならだいじょうぶと予想して、あえてデータをアナログで保存したんでしょ？　技打ち用ページなら、データの羅列を綴じこんでおいても目につかないもんね。でも警察が台本まで押収し始めた。だからユジョンに持たせて、事務所から大急ぎで退避させた」

キムはしらばっくれた。「なんのことかわからんな」

「とぼけないでよ。きのうからきょうにかけて、そのページがどうしても必要になったんじゃん。回収しようと思ったけど、自主練してるはずのユジョンがなぜかチマチョゴリを着て、景福宮に向かった。あなたたちは大あわて。ひょっとして警察の指示で、変装したうえで刑事たちに台本を引き渡す気じゃないかって」

コシンがキムにささやいた。「まずいですよ。この女、知りすぎです」

「いいから黙ってろ」キムは絢奈をまっすぐに見つめてきた。「おまえどこまで知ってる？」

「台本を奪い返すため、東南アジア系のヤクザを差し向けた。ヤクザにはバッテリー式ジャマーを持たせて、周りに目撃者がいても通報されないようにした。でも観光客が多くて、なかなか手をだせずにいたら、そのうちユジョンが倒れた。介抱するふりをして、誰もいなくなった隙にユジョンの所持品をたしかめたけど、台本はなかった」

台本の入ったスポーツバッグが、ABC韓服のロッカーにあると気づいても、コシンたちは手がだせなかった。店はビルの二階にあり、ロッカールームには防犯カメラが設置してある。しかもスポーツバッグは制服警官が回収し、病院に運んでいった。病室に現れたキム・シニルは、ユジョンを連れ帰ったものの、警戒して台本のことをいいだせなかった。翌日ユジョンが登校しているあいだに、寮の部屋を調べようとして、早退してきたユジョンと鉢合わせしてしまった。

キムが吐き捨てた。「そんなことはいい！　問題は台本のあのページだ。おまえ内容を把握してるのか」

「そりゃ当然」絢奈はブラフとともに胸を張った。「わたしはあなたたちの弱みを握ってる」

「そうか。なら無事に帰すわけにはいかんな」

男たちが包囲網を狭めてくる。美波がうわずった声でいった。「絢奈。状況が悪化してない？」

どうやらそのようだ。台本に綴じこんだページは、キムたちにとってよほど重大な内容らしい。回収のためにはあらゆる犯罪も辞さないと顔に書いてある。絢奈は冷や汗をかきながら前言を撤回した。「やっぱ知らない。無理？」

「無理だ」キムが憎悪に満ちた目を向けてきた。「いまさら知らぬ存ぜぬは通用せん」

そのときクルマのドアが開閉する音がした。スーツの男たちが左右に引き下がり、何者かのために進路を開ける。

チョン社長と呼ばれていた小太りが、ゆっくりと歩を進めてきた。さほど年はとっていないとわかる。せいぜい初老と呼べるぐらいだ。チョンはキムに声をかけた。

「ずいぶん手こずっとるな」

キムがかしこまる反応をしめした。「この日本人の小娘、警察とつながってはいないようですが、ずいぶん勘がいいようで……」

するとチョン社長は絢奈の前で立ちどまった。瞬《まばた》きもせず絢奈をじっくりと眺めると、チョンはきいた。「日本ではいまごろAOAが流行《はや》っとるのか？」

絢奈はチョンを見かえした。「日本人ツアー客と添乗員全員が、ソウルで失踪《しっそう》なんてことになったら、国際問題じゃ済みませんよ。いますぐ解放してください」

「そうかね。きのうから、ひとりまたふたりと、ツアー客に逃げられとるだろ。警察も日本の旅行会社も、添乗員の不手際と受けとっとる。バスごと失踪すれば、真っ先に疑われるのは、きみらのヘマじゃないのかね」

妃華莉が絶望的な声でささやいた。「そうかも……」

絢奈にとっては痛恨のひとことだった。それでもダメージを顔に表さないよう努めた。「社長さん。みんなを解放してください」

「できんな。きみが台本を差しださんかぎりは」

キムがチョン社長に耳打ちした。「台本を持ち去ったのは福田瑞帆というツアー客です。しかしなぜかここにはいないようで」

ブラフがとっさに絢奈の口を突いてでた。「居場所なら知ってます」

チョン社長とキムがそろって睨《にら》みつけてきた。キムが苛立たしげに命じてきた。

「なら連れ戻せ」

「みんなを解放したら連れ戻します」

「連れ戻したら全員を解放する。ほかの条件は呑《の》めん」

あいかわらず不利な取引にはちがいない。それでも外にでられるのなら通報のチャンスがある。絢奈はうなずいた。「わかりました、連れてきます。ただし……」

「おい」キムが遮った。「ほかの条件は呑めんといったろ」

絢奈は無視してつづけた。「ユジョンを同行させてほしい」

「ユジョン？　なぜだ」

「福田さんは母娘《おやこ》で行方をくらましています。娘さんのほうはユジョンの知り合いです。連れ帰る際の説得に効果があるかと」

嘘ではないが第一の理由ではなかった。元練習生の優里菜が行きそうなところは、ユジョンにも見当がつくのではないか、絢奈はそう考えた。母親の瑞帆は優里菜ほどソウルに詳しくないはずだ。逃走を導いているのは優里菜だろう。あの母娘が空港に直行したとは思えない。窃盗の容疑をかけられたと自覚し、警察が待ち構えているのを恐れるからだ。

「ああ」ユジョンがなにかを思いだしたようにささやいた。「居場所に心あたりがあるかも」

キムがユジョンにきいた。「どこだ？」

絢奈は声を張りあげた。「答えないで！　いえば無事に帰れなくなる」

「貴様」キムが歯ぎしりしながら絢奈に詰め寄ってきた。「どこまでも生意気な……」

「わたしとユジョンで福田母娘を連れ帰ると約束してるじゃん！　台本もきっと取り

返す。なのになにが不満⁉」

チョン社長が呼びとめた。「キム」

張り詰めた空気が漂う。キムは苦虫を嚙《か》み潰《つぶ》したような顔で立ち尽くした。

「わかった」キムが踵《きびす》をかえした。「だが当然、ふたりだけで行かせるわけにはいかん。ペ・サンウ、シン・ソッキュ。クルマをだせ。浅倉絢奈とソン・ユジョンから目を離すな」

東南アジア系ヤクザではなく、韓国人のスーツのなかから返事の声があがる。大男と小男が進みでた。ふたりともサングラスをかけている。背の高いほうがペ・サンウらしい。リーゼント頭の馬面で、がっしりした体格の持ち主だった。小柄のシン・ソッキュのほうは、坊主頭の丸顔でずんぐりしていた。

ユジョンが絢奈の近くに連行されてきた。サンウとソッキュの凸凹コンビも近づいてきて、さっさと歩けと態度でしめしてくる。

絢奈は鼻を鳴らしてみせた。「兵役から帰ってきたマイティマウスのふたりにそっくり」

凸凹コンビが顔を見合わせる。ユジョンが吹きだした。マイティマウスは韓国のヒップホップのコンビだった。ユーモアは偉大だと絢奈は思った。こんな状況下でも、少しはユジョンの緊張が和らいだようだ。

ツアー客の中年男、井関が恐怖に引きつった顔でいった。「おい。韓国語はさっぱりわからないけど、俺たちは無事に帰れるんだろ？　そういう話になってるんだよな？」

妃華莉が目を潤ませながらうなずいた。「もちろん。絢奈にまかせておけば安心です」

鞠華がドン引きの反応をしめした。「涙ぐんでんじゃん……」

いまにも泣きそうなのは美波も同じだった。「絢奈。絶対に信じてるから」

絢奈は同僚たちを見かえした。せつなさと不安が同時に胸を締めつける。それでもいまはふたりを、ツアー客らを勇気づけねばならない。絢奈は微笑を浮かべてみせた。

「だいじょうぶ。なにがあっても、みんなを無傷で家に帰す。添乗員の務めだもん」

ふたりの悲壮感に満ちたまなざしを見かえすのが辛《つら》い。絢奈はユジョンとともに歩きだした。サンウとソッキュがＳＵＶの車体へといざなっていく。

チョン社長が歩調を合わせてきた。「二時間だけまってやる。それ以降はツアー客がひとりずつ消えていくと思え。最後は同僚のふたりだ」

陳腐な脅し文句だが本気にちがいない。絢奈は平然とした態度を装った。「ツアー客はきょう、番組観覧の予定だったんだけど」
「代わりにうちで歓待する。うちもいちおう芸能事務所なんでな」

ＳＵＶの近くまで来ると、東南アジア系の男たちが取り囲んだ。絢奈とユジョンに対し、両手をクルマの屋根につくよう指示する。いわれたとおりにすると、コシンが絢奈の身体を撫《な》でまわした。すべての所持品が奪い去られる。スマホと手帳、筆記具、腕時計、ペンダント、財布、鍵束《かぎたば》、リップクリーム。最後に左の薬指をつかんできた。絢奈は身じろぎして抵抗したが、コシンが力ずくで婚約指輪を抜きとった。絢奈は怒りとともにコシンを見つめた。コシンは指輪をつまみながら、勝ち誇ったように笑った。

キムが急《せ》かした。「さっさと出発しろ。サンウ、ソッキュ。台本を回収したら例の場所へ行け。そこで俺たちもまってる」

後部座席のドアが開き、絢奈とユジョンは車内に押しこめられた。前後に三人ずつ乗れる、わりと広めのボディだった。ドアが閉じると、チャイルドロックがかかったらしく、内側から開かなくなった。小男のソッキュが左ハンドルの運転席に乗りこむ。大男のサンウが、ふたつある助手席の窓寄りにおさまった。
絢奈はユジョンの震える手を握った。窓の外を眺めると、妃華莉と美波、ツアー客らが不安そうに見送っている。絢奈は小さくうなずいた。きっと戻ってくる。添乗したツアーを悪夢のまま終わらせない。

23

紅いろに染まった空の下、SUVは清渓山《チョンゲサン》方面に向かっていた。ユジョンがそう指定したからだった。ソウル市の瑞草《ソチョ》区から京畿道の果川《グァチョン》市へとつづく田舎道を、延々と走行しつづける。

助手席の大男サンウがユジョンを振りかえった。「ハイキングじゃあるまいし、清渓山なんかにいるか？」

ユジョンがため息まじりに応じた。「麓《ふもと》の市街地に近い辺り。すごく安い考試院《コシウォン》がある。優里菜は練習生だったころ、厳しいレッスンから逃げだして、よくそこに泊まってたって」

サンウが鼻を鳴らし、前方に向き直った。「コシウォンに逃げるぐらいなら、日本に帰りゃよかったじゃねえか。そのていどの覚悟で練習生が務まるかよ」

コシウォンとは、受験勉強のため缶詰状態になることを目的とした仮宿舎だ。ひと部屋の広さは二畳から三畳、机やベッドが常備され、月に二万円から三万円で借りられる。ソウル郊外にあたる清渓山の麓なら、もっと安いのかもしれない。

マンスリーマンションのない韓国では、コシウォンはとりわけ重宝される。ただし壁が薄く、エアコンがない場合がほとんどだった。入居時に保証金が不要なのは好ましいが、そのせいで最近は低所得労働者が定住しがちだとも噂される。

絢奈はユジョンにきいた。「先に優里菜さんに連絡できない？」

「ラインしたけど既読もつかない。カカオトークもダメ、電話にもでない。どうせ自分から居場所を教えるはずがない」

「練習生時代の優里菜さんが、ひとり郊外のコシウォンに身を隠してたなんて。そんなに過酷な日々だったの？」

「……地獄かも」ユジョンは物憂げな表情でうつむいた。「売れてる人たちは最初からちがう。わたしたちみたいに芽がでない練習生は、ただ飼い殺しにされてるだけ。レッスンを受ける日々がつづけば、それだけ事務所の経費が上積みされていくから、借金が膨らんでいくのと同じ」

運転席の小男ソッキュが、からかうような口調でいった。「売れない奴が悪い」

ユジョンはひとりごとのようにつぶやいた。「優里菜もかわいそう。お母さんがK

－ＰＯＰ好きで、子供に夢を押しつけた。優里菜のほうはそうでもないのに」

絢奈はユジョンを見つめた。「優里菜がそんなふうにいったの？」

「ええ。音楽の道に進むにしても、ほんとはピアニストになりたかったって。練習生として挫折《ざせつ》しちゃって、事務所への違約金を親に払ってもらったから、負い目があるらしいの。気持ちはわかる。わたしもまだ辞めてないってだけで、境遇は似たようなもんだし」

「なら母親が範子さんのアリバイづくりを手伝ったり、台本を勝手に拝借したりするのを、優里菜さんは……」

「母親の度が過ぎたＫ－ＰＯＰへの嵌《は》まりぐあいを、優里菜は辛《つら》く感じてると思う。そこまで母を現実逃避に追いこんじゃったのは、自分の挫折のせいだと思いこんでるんだろうね。だから母を強く責められない」

サンウが背を向けたままこぼした。「娘が芸能人として成功すりゃ、すべては丸くおさまる。結局は自己責任だろが」

絢奈は突っぱねた。「ちがうでしょ。母親の望みどおりに生きるばかりじゃ、自分の幸せはどこにあるの」

「この国じゃ家族の幸せが重要なんだよ。親を喜ばせられりゃ子の喜び。日本人にはわからねえか」

「ユジョン」絢奈はたずねた。「ご両親はどこに住んでるの」

「延南洞《ヨンナムドン》」ユジョンが答えた。

「新村から遠くないじゃん。寮住まいの必要なんてないのに、それを強制する事務所に在籍するなんて」

「ほかに入れないからしょうがない。もう後戻りできないし」

ムンリョ芸能事務所が最善の選択でないことを、ユジョンはよく承知しているようだ。家族に送りだされた以上、自分の都合だけでは夢をあきらめられない、それが韓国の社会なのだろうか。

ユジョンが付け加えるようにささやいた。「寮暮らしにはいいこともある」

「どんな？」

「『アジアン・ニュー・スターズ』って超マイナー番組だったけど、それでも観てる人はいて、ストーカーが家の周りをうろつくようになった。そいつからは逃れられてる」

「マジで？　どんな奴？」

「顔は知らない。でも住所を突きとめられて以降、わたしの実家に現れて、勝手にあがりこもうとするの。約束があるとか父に嘘をついて……。兄が疑って強く問い詰めると、その場ではひれ伏すほどに謝って、なんとか通報を免れる。でもまた家の周りをうろつく」

「現行犯でなくても、警察に相談するべきじゃない？」

「親にそういったんだけど、ストーカーがファンだといってたとか、好きだと嬉《うれ》しそうに話してたとか、肯定的に受けとろうとするの。好きって便利な言葉だよね。迷惑行為も犯罪行為も、それで正当化されちゃう。わたしの恐怖は誰もわかってくれない」

それで寮生活もやむなしと考えているのか。絢奈はまだ腑《ふ》に落ちなかった。「だけど夜間の警備は、範子さんをこっそり迎えいれられるほど手薄じゃん。危険じゃない？」

「そんなに四六時中付け狙われるわけじゃないし。ストーカーはおそらく日本人だから、ふだん日本に住んでるんだと思う」

「なぜ日本人だとわかるの？」

「ネットに執拗《しつよう》な書きこみがあるの。わたしの家の近所についてとか、通学風景とか、ストーカーじゃないと知らないことばかり書いてる。自動翻訳っぽいから日本人じゃないかなって。父や兄も、会った印象は外国人に思えたっていってるし」

まだ芸能人でもないのに、いちど出演したサバイバル番組のせいで、ストーカーにつきまとわれる。絢奈は心から同情した。「大変な毎日だね……」

「ほかに生きようがないから……。幸運なんて降ってこないかもしれないけど、なにかを信じて耐えるしかない。うちは裕福じゃないし、わたしも芸能人になれなきゃ何者でもない。意味がないまま人生が終わっちゃう」

出世至上主義に追い詰められている。絢奈にはそう思えた。「ナンバーワンにならなくてもいいって歌詞、知ってる？」

「『世界に一つだけの花』でしょ。日本語の授業にはかならずでてくる」

「心に響かない？」

「わたしはいい歌だと思うけど……。韓国ではカバーをだそうとするアーティストが複数いたの。でもどれも実現しなかったって」

「そうなの……」

「『らいおんハート』とか、ほかのSMAPの歌はカバーされてるのにね」

あの歌が万人に受けいれられる国とはちがう。ユジョンのささやきにはそんな含みが感じられた。

運転席のソッキュがいった。「なあ、おい。俺たちほんとにマイティマウスに似てるか？」

助手席のサンウが苛立《いらだ》たしげに制した。「黙ってろ」

絢奈は思わずユジョンと顔を見合わせた。ユジョンが微笑を浮かべた。絢奈もつられて笑った。

前方に向き直ると、絢奈は声を張りあげた。「ふたりとも練習生だったんでしょ」

ふいに急ブレーキがかかった。絢奈はユジョンとともに前のめりになった。シートベルトが瞬時に身体を締めあげる。

停車した車内で、ソッキュが顔面を紅潮させながら振りかえった。「おい！　なんで俺たちのこと知ってる」

サンウも必死の形相で嚙《か》みついてきた。「おまえいったい何者だ。どこで俺たちの素性を調べやがった？」

絢奈はうんざりしながら応じた。「腹式呼吸で鍛えた声。ふたりとも発声練習の経験があるって、きけばわかるじゃん。いちいち目くじら立てないでよ」

凸凹コンビはどこか気まずそうに、互いの顔いろをうかがいだした。ソッキュが前方に向き直り、クルマを徐行させながら道端に寄せる。ＳＵＶは路側帯に停車した。

助手席でサンウが地図を広げ、ナビの画面表示と見くらべる。

「ユジョン」サンウがいった。「山の麓《ふもと》に近づいた。福田母娘《おやこ》がいそうなコシウォンってのはどこだ」

「はっきりとはわからない」

「なに!?　いまさらなにをいってやがる」

「わたし自身は行ったわけじゃないし、建物名も知らないから……。でもスーパーに買いだしにでかけるとき、バスにひと区間乗るって。帰りはバスがないのか、いつも歩くらしいけど」

「ならバス停のそばかよ」サンウが地図を指先でなぞった。「バスが一方向にしか走っていないルートだ。往路のみで復路のないバス区間、行った先にスーパーマーケット……。ここか？」

　ソッキュも地図を凝視した。「こっちにもあるぞ。あとはここだな。ほかにはないか。……その三か所ぐらいだ」

「そうだな。しかしコシウォンみたいにちっぽけな施設じゃ、地図にも載ってねえ」

「まわるしかないか」ソッキュがクルマを発進させた。「ユジョン。三か所めぐってコシウォンが見つからなかったら、どうなるかわかってるだろうな」

　ユジョンがこわばった顔で口を開きかけた。けれども絢奈はユジョンの手に軽く触れ、なにもいわないよう目でうながした。脅しを真に受ける必要はない。もう後がないと思っても、本当に後がなかった例《ため》しはない。

24

　妃華莉は恐怖に震えていた。美波や七人のツアー客とともに、大型ワゴンのキャビンに押しこまれ、貨物のごとく運ばれていく。サイドウィンドウはふさがれ、前方の運転席もカーテンで覆い隠されていた。どこを走っているかさだかではない。東南アジア系のコシンとカウィンがキャビンに同乗し、絶えず目を光らせる。よって誰とも会話を交わせなかった。

　みなスマホや財布を没収されている。腕時計も奪われたため時刻もわからない。心細さと気遣わしさばかりが、ツアー一行を隙間なく取り囲む。

　どれぐらい走ったか見当もつかない。ワゴンが減速したかと思うと、やがて停車した。車体側面のドアが横滑りに開く。夕焼けが辺りを赤く染めている。妃華莉たちは降車をうながされた。

車外にでたとたん、風が強く吹きつけた。開けた土地だが、依然として工業地帯の狭間《はざま》だとわかる。遠くに見えるプラントに照明が灯《とも》っていた。漢江《ハンガン》の南、永登浦《ヨンドゥンポ》区側に位置を移したようだ。目の前にも巨大な倉庫然とした建物があるが、ほとんど闇のなかに埋没しかかっている。

運転席と助手席から韓国人が降り立った。ふたりで建物の正面に向かい、大きな観音開きの扉を開けにかかる。二枚の扉はいずれも奥へと開いた。コシンが歩くよう指示してくる。妃華莉たちは建物内に歩を進めた。

暗闇に足を踏みいれるや、屋内照明がいっせいに灯った。妃華莉は息を呑《の》んだ。ツアー一同も驚きの声を発した。

鮮やかな白色灯と七いろのネオンが、視野を眩《まぶ》しく照らしだす。絢爛《けんらん》豪華な装飾がなされた劇場風の空間がひろがった。キャパはＺｅｐｐ　Ｔｏｋｙｏぐらいある。床は大理石、中央にはスポットライトを浴びたステージ。その真向かいにあるのは単なる客席ではない、十人掛けのボックス席が陣取る。

音響設備も凝っていた。あちこちにスピーカーが配置されている。ライブハウスのようであっても、集客を考慮したつくりではない。いくつかのボックス席のほかに、ミニバーからプールまでが存在する。正面ボックス席のわき、床を掘って設けられたプールは、水に浸《つ》かりながらステージを観賞可能な位置にある。なにもかも一般客向けではない。金持ちの道楽か接待用に造られた設備のようだ。

一行は呆気《あっけ》にとられながらボックス席に案内された。座りごこちのいい高級なソファだった。美波が狐につままれたような顔で見つめてくる。自分も同じ表情をしているのだろうと妃華莉は思った。

コシンが近くに立った。睨《にら》むような目つきで妃華莉を見下ろす。「ツアー客らに通訳してくれ。番組観覧を潰《つぶ》したせめてもの償いだ。うちの練習生たちのステージを楽しめ。浅倉絢奈が戻ってきたら、みんなホテルに帰れるからな。贅《ぜい》を尽くした歓待に免じて、なにもかも忘れてくれよ。じゃあな」

東南アジア系の男ふたりが立ち去る。妃華莉は啞然《あぜん》とするしかなかった。

隅駒が不安げにたずねてきた。「いまの人、なんていってた?」

妃華莉は一同に向き直った。「番組観覧の代わりに、ここのステージを楽しんでくださいって」

美波がつづけた。「終わったらホテルに帰れるそうです。絢奈が……いえ、うちの浅倉が戻ってきたらの話ですけど」

中年男の井関が目を剝《む》いた。「信じられん。ショーを見せてくれるってのか?」

ヒールの音が近づいてくる。若い少女が歩み寄ってきた。かつてのＫＡＲＡに似たヘアメイクと衣装姿だった。少女はにっこりと笑ってメニューを差しだしてきた。ドリンクとフード、いずれも日本語で記してある。

妃華莉は韓国語できいた。「値段のほうは……」

「サービスです」少女が愛想よく応じた。「よろしければ、こちらでセットをご用意しますけど」

「ええ。それならそうしていただいたほうが……」

少女がうなずいて引きさがる。壁ぎわのドアの向こうに消えていった。ツアー客らが疑心暗鬼に満ちたまなざしで見送った。

根暗な川添がささやいた。「いまのも練習生か？　美人だけど……」

亜弓がつぶやいた。「なんか古い。まだ十代だろうけど、メイクも服もひと昔前の流行《はや》りって感じで」

妃華莉は後方を振りかえった。コシンとカウィンは韓国人らと立ち話をしていた。東韓国人のふたりは外にでると、観音開きの扉を閉めた。屋外から施錠したらしい。南アジア系のふたりは建物内に居残った。

歓待と主張されようが、人質として監禁された事実に変わりはない。油断はできなかった。少なくともツアーは遭難したも同然の状況下にある。添乗員として気が抜けるはずもない。

黒の衣装に統一した少年たちが、料理を載せたワゴンを押してきた。みな長身で痩《や》せていて、髪のいろをさまざまなトーンに染めている。ハンサムなK－POPグループそのものという印象だが、やはりファッションが古めかしく感じる。目の周りを黒いアイラインで囲っているせいだ。デビュー当時のiKONあたりの雰囲気だろうか。最近ならアイシャドウをいれるほうが主流に思える。

少年たちは微笑とともにグラスや皿をテーブルに並べた。ツアー客らは手をださなかった。毒が入っているのでは、誰もがそう疑っているのはあきらかだった。

ところが韓国人の少年たちは、そんな反応を予期していたかのように、それぞれスプーンで料理を少量ずつすくった。口にいれて、なにごともないように頬張る。少年のひとりが、訛《なま》りの強い日本語できいた。「ほかに気になる物はありますか？」

井関が警戒心をあらわにしながらグラスを指さした。少年はストローをとりだし、液体をひと口すすった。屈託のない笑顔を井関に向ける。井関はおどけるように苦笑した。

少年たちは声をそろえて、どうぞごゆっくり、日本語でそういった。無駄なく機敏な動作で撤収するさまは、統率のとれた軍隊のようだった。

ツアー客らは怪訝《けげん》そうな顔を見合わせていた。やがて女子高生の尚美が手を伸ばし、ポテトをひとつつまみとった。おいしい、と尚美がつぶやいた。みな腹が減っていたのだろう、それぞれ好みの料理を選んだ。一分と経たないうちに、ツアー客の全員が飲み食いに夢中になっていた。

範子は腫《は》れた頰に氷いりのグラスを押しつけた。さも気持ちよさそうな顔をしている。

鞠華がハンバーガーを食べながら範子にきいた。「痛むの？」

「いいえ。だんだん腫れがひいてきて、経過は良好。でもなんかこの状況……。ひょっとして最高じゃない？　食べ物もツアーよりおいしいし」

飲み物はアルコールとソフトドリンクが半々ずつだった。井関や川添はもうためらうようすもなく、シャンペンやビールをたしなんでいる。

美波の顔に笑みはなかった。「妃華莉。どう思う？」

妃華莉は落ち着かない気分で応じた。「口止め料代わりに接待してるんだと思う。絢奈が台本を持って戻れば、たしかにホテルに帰らせてくれそうな気がする」

「もし絢奈が戻らなかったら？　特に台本を取り戻せなかったときは……」

考えたくもない。妃華莉は重苦しい気分でささやいた。「おもてなしがどんなに豪華でも、急に地獄に突き落とされるのを覚悟しなきゃ」

「……だよね」美波が憂鬱《ゆううつ》な顔でうつむいた。「わたしたちの運命は絢奈にかかってる」

いきなり照明が暗転した。ステージに強烈なスポットライトが浴びせられる。ツアー客の七人が歓声をあげた。一瞬ののち、条件反射のような自分たちの行動に戸惑いをしめす。しかしほどなくまた声援と拍手に転じた。ステージ上に最初のグループが登場したからだった。

十代とおぼしき少年ばかりのグループだが、ツアー客からくすくすと笑いが漏れる。これまたタオがいたころのＥＸＯというか、五年か六年前のＫ－ＰＯＰそのものに見えた。メンバーたちの真剣な表情がさらなる笑いを誘う。わざとやっているのだろう、誰もがそう解釈しているようだった。

ふいに大音量が耳をつんざく。リズムがソファから全身に突きあげてくる。重厚で暑苦しい感じの歌詞やメロディ、歌い方。やはり少女時代の三人がＭＣだったころの『音楽中心《ウマチュン》』の再放送を観ているような錯覚をおぼえる。

だが汗だくになって歌い踊る、名も知れないメンバーらを眺めるうち、ふしぎな感慨がこみあげてきた。

古い番組のように思えるのは、それだけ出演者が当時のパフォーマンスを再現できているからか。しかも異様ともいえるほどの気迫を兼ね備えている。妃華莉は過去のツアー添乗で、多くの番組観覧に立ち会ってきた。それらの出演者とはなにかが大きく異なる。練習生だけに小粒で線が細く、技術的にも未熟ではある。だが死にものぐるいに放射してくる熱量に圧倒される。

テレビでサバイバル番組を観るかぎり、練習生にこんなハングリーさを感じたことはない。まるで命懸けの戦場に繰りだしたかのようだ。真正直に一心不乱で、無我夢中で、どこか儚《はかな》げだった。

ツアー客らも心を打たれたらしい。パフォーマンスの終わりとともに歓声を浴びせる。間髪をいれず、次の出演者らがステージ上に現れた。これまた最近は見かけないセクシー風のガールズグループだった。しかしツアー客らの偏見はすでに払拭《ふっしょく》されたようだ。誰もが立ちあがり、リズムに乗りながら応援する。練習生だけにときおり失敗はあるものの、ツアー客らがその都度いっせいに励ましの声をかける。

四つか五つのグループによるパフォーマンスが連続して披露された。静寂が訪れた。小休止に入ったらしく照明が灯《とも》る。興奮さめやらないようすのツアー客らが、口々に喜びを語りあう。

川添が声を弾ませた。「ひょっとして番組観覧より、こっちのほうがよかったんじゃね？」

亜弓は満面の笑みとともに応じた。「そこまではわかんないけど、いまが最高なのはたしかだよね」

練習生たちによるサービスも至れり尽くせりだった。ステージを終えたメンバーが、かわるがわるソファに近づいてきて、飲み物や料理を追加する。すっかり舞いあがったようすの尚美や亜弓が握手を求めた。

腫れた頰にもかかわらず、範子は少年からやさしくハグされ、目にうっすら涙を浮かべていた。「スマホがあればよかった！　ツーショットで撮りたかった」

妃華莉はいっこうに安堵《あんど》できなかった。練習生らの笑顔には、どこか無理が感じられる。身体も細すぎる。モデル体型というよりは栄養失調のようでもある。一部は目がうつろだったり、グラスを持つ手が震えていたりする。ほっそりとした少年が体勢を崩しかけたときには、ツアー客らがいっせいに助けにかかった。

尚美や亜弓が心配げなまなざしを練習生らに向ける。みな異状に気づきつつあるようだ。

ガールズグループの去りぎわ、髪の長い少女が片足をひきずっていた。美波は少女の後ろ姿を見送ったのち、妃華莉に視線を移した。深刻な面持ちを妃華莉に向けてくる。

ふたたび照明が暗転した。ツアー客らがステージに声援を送りだした。さっきまでのような無邪気さとは趣きがちがう。どうあっても応援してあげねばならない、そんな義務感のようなものが、一同のあいだに芽生えだしていた。

妃華莉は鞠華の手もとに、ほのかな明かりを見てとった。鞠華は両手のなかにスマホを隠し持っている。巧みに身体検査をパスしたらしい。ずっとステージを撮影していたようだ。

咎《とが》める気にはなれない。ツアーがひとりも生還できなかったとき、なにがあったかを記録した映像は、貴重な物証になりうる。

美波がうながすようにささやいてきた。「妃華莉」

妃華莉は美波を見つめた。美波が後方に顎《あご》をしゃくった。東南アジア系の男たちが姿を消している。いまなら気づかれず動けそうだった。

ステージのみにスポットライトが当たっている。妃華莉は美波とともに、暗がりのソファから抜けだした。どちらに向かうべきか、互いに言葉を交わすまでもなかった。

観音開きの扉は施錠されている。試すだけ無駄だ。それより練習生たちが出入りするドアが気になる。

プールサイドを迂回《うかい》し、壁ぎわに近づいた。ドアが半開きになっている。美波がそのなかに滑りこんだ。妃華莉も後につづいた。

行く手は暗幕に覆われている。隙間から向こうをのぞく。そこは厨房《ちゅうぼう》だった。ステージの袖《そで》とつながっているようだ。だが状況をまのあたりにしたとたん、妃華莉のなかに衝撃が走った。

ステージ衣装を身につけた練習生らが、屍《しかばね》のごとく床に転がる。大半は背を壁にもたせかけていたが、一部は仰向《あおむ》けやうつ伏せの姿勢で完全に横たわる。少年のひとりが靴を脱いで裸足《はだし》になり、足の指先に自分で包帯を巻いていた。爪が割れたのか血が滲《にじ》んでいる。

練習生の誰もが衰弱しきっていた。みな疲労困憊《こんぱい》というありさまだった。負傷者も少なからずいる。まるで傷痍《しょうい》兵の群れに見えてくる。厨房というより医療崩壊した病院の一角のようだ。

コシンが鬼の形相でうろつきまわった。「ステージの間を開けるな！　さっさとスタンバイしろ。次のグループは？」

さっきの片足を引きずった少女が、コシンのわきを通りがかった。するとコシンは少女を突き飛ばした。少女はつんのめりそうになったが、座りこんでいた少年たちが抱きとめ、かろうじて転倒を免れた。

「おいソラ！」コシンが少女に怒鳴った。「うろちょろすんな、目障りだ。怪我したんなら冷やせ。次の出番に備えろ。動けねえのなら用なしだ、飯作りでも手伝え」

ソラと呼ばれた少女は涙を浮かべながら、ゆっくりと立ちあがった。

少年のひとりも腰を浮かせた。「タムサチャナンさん。きょうの出演に、特別手当は……」

「あるかよ、そんなもん。間抜けな日本人ツアー客の余興でしかねえんだぜ？　これも体験学習のひとつだ。舞台経験そのものが報酬だと心得とけ」

もうひとりの東南アジア系、エラの張ったカウィンが、ステージ袖から厨房へと踏みこんできた。「Dグループ、Lグループ！　さっさとスタンバイに入れ」

コシンも声を張りあげた。「いいか、もういちど念を押しとく。きょうここで仕事したことは誰にも喋《しゃべ》るな。終わったあとスマホを返すが、どこにも連絡するな！」

妃華莉は暗澹《あんたん》とした気分で美波を眺めた。見かえす美波のまなざしにも、深い哀愁のいろが宿っていた。

25

絢奈はユジョンとともに、SUVの後部座席におさまっていた。眩《まぶ》しかった斜陽も、いまはもう射さない。西の空が真っ赤に染まり、黄昏《たそがれ》へと移行していく。

山道はほとんど闇に没しつつあった。SUVは三つの地点を順繰りに訪ねたが、いずれもコシウォンらしき建物は見あたらなかった。

しかも三か所目は畑の真んなか、畦道《あぜみち》も同然の砂利道の上だった。錆《さ》びたバス停の看板だけが、暗がりのなかおぼろに浮かびあがっている。

サンウが振り向きざま怒号を発した。「てめえ！　やっぱふざけてんのか」

ユジョンは困惑のいろとともに涙ぐんだ。「そんな……。絶対にコシウォンがあるはずなのに」

「鼻の曲がりそうな家畜小屋しかありゃしねえ。どう責任とるつもりだ、え!?」

絢奈は顔をしかめてみせた。「うるさいなー。腹式呼吸の発声で怒鳴らないでよ。もともと寝不足なのに、頭が痛くなる」

運転席のソッキュが後ろを向いた。「おい。口の利き方に気をつけろ」

「いいから」絢奈は手を差し伸べた。「地図貸してよ」

一瞬の間を置き、ほとんど投げつけられるも同然に地図が手渡される。絢奈は天井に手を伸ばし、車内灯を点《つ》けた。地図を丹念に眺める。この辺りの山は、どこも標高三百から六百メートルていどだった。麓《ふもと》は緩やかに広がり、傾斜もさほど急ではない。

絢奈は地図上の一か所を指さした。「ここに行って」

ソッキュが眉《まゆ》をひそめた。「どこだ？　印でもつけやがれ」

「筆記具は没収された。知ってるでしょ？」

サンウが身を乗りだした。「どこだよ。……ここか？」

「そう。そのバス停付近」

「おまえ馬鹿なのか。たしかにここからひと区間先のバス停にはスーパーがある。でもバスは双方向に行き来してるじゃねえか。ユジョンのダチは、買いだしに行くのにバスに乗り、帰りはいつも歩きなんだぜ？」

「等高線の間隔から標高値を読みとってよ。坂道になってる。そのへんに隠れ家があるとすれば、スーパーまでは上り坂だからバスを使う。帰りはバスをまたず、下り坂を歩いて戻る」

車内は静まりかえった。サンウとソッキュのみならず、ユジョンまでが唖然《あぜん》とした反応をしめしている。

ソッキュがつぶやいた。「なるほど……」

サンウがソッキュを肘《ひじ》で小突いた。「感心してる場合か。さっさとクルマをだせ。おいアヤカ」

絢奈はうんざりしながら訂正した。「カじゃなくてナ」

「アヤナ。今度も見つからなかったら覚悟しとけよ。ユジョンもだ」

「あのさ」絢奈は語気を強めた。「脅し文句やめてくれる？　わたしは平気だけど、ユジョンが怖がってんじゃん。あんたたちも台本が見つからなかったら、上から酷《ひど》い目に遭わされそうで焦ってるだけでしょ。不安をこっちにぶつけないでよ、いい大人が」

「なんだと？　添乗員ふぜいが偉そうに……」

「人から愛されないと芸能人にはなれない！　まずは好感度。千里の道も一歩から」

サンウとソッキュはびくつく反応をしめした。真顔を見合わせると、ふたりとも黙って前方に向き直った。ＳＵＶが静かに発進した。

ユジョンが呆気《あっけ》にとられたようすで絢奈を見つめてきた。絢奈は微笑してみせた。愛されたいと強く望む者こそ芸能人になりたがる。マイティマウス似のふたりはまだ夢を捨てきれていない。

26

那沖は能登とともにソウルに渡った。到着時はすっかり日が暮れていた。金浦空港からまっすぐに向かったのは、最初の失踪《しっそう》騒ぎがあった景福宮のすぐ近く、ソウル地方警察庁だった。

先に国交省から連絡をいれてもらった。韓国芸能界にまつわる一連の事件や、今回のツアーでの失踪について協議できる部署が紹介される、そんな手筈《てはず》だった。

大勢の職員が整然とデスクワークに勤《いそ》しむ、広々としたオフィスに通される。日本の役人を迎える礼儀は感じさせるものの、那沖は一見して失敗だと思った。ここは上位組織にすぎない。捜査の最前線から遠すぎる。所轄のこまごまとした情報は、おそらく上がってきていない。

応対したのはクォン警衛という几帳面《きちょうめん》そうな人物だった。警察官というより省庁の管理職そのものに見える。警衛なる肩書きは、日本における警部補に相当するが、警察庁では実務者でしかないらしい。杓子《しゃくし》定規な態度をとりつつ、詳細は把握しておりません、きっぱりとそういった。

会議テーブルで向かいあったクォン警衛に、那沖は韓国語で問いかけた。「韓国の《ハングクウィ》警察は国家警察でしょう？　地方分権ではなく中央集権型の組織ですよね。ソウル市《ギョンチャルングッカギョンチャルイジョチバンブンクォンイアニンジュンアンジックォンヒョンジョジッイジョソウルシネ》内での事案も、こちらに集約されていると思っていましたが《ウィイルドヨギエジッヤッデンダゴセンガッヘッソヨ》」

「むろん報告はあります《ダンヨンヒポゴヌンイッスムニダ》」クォン警衛が機械的に応じた。「しかし日本人に《ハジマンイルボンインエ》関する事案のみを統括する部署はありません《カンリヨンデンサアンマヌルトンガルハヌンブソヌンオスムニダ》。英語村で起きた日本人練習生の放置事件から、今回の日本人ツアー内での揉《も》めごとまで、いったいどう結びつくというんですか」

「日本ではそれらすべてが、韓国芸能界にまつわる諸問題とみなされます。未成年者を練習生として渡韓させるべきでないという風潮が、芸能目的の観光ツアー自粛にまで影響を与えているんです。トラブルを解消しておかないと、今後の日韓交流において負の材料となります」

「それはあなたがたの問題でしょう。わが国の警察としては、事件性が認められた場合に捜査するのみです。きのう景福宮でツアーを抜けだしたという日本人女性について、捜索依頼はでているかもしれませんが、緊急に行方を追うとか、そこまでの対処はとっておりません」

「でも」那沖はテーブルに目を向けた。クォン警衛がテーブルに置いたファイルから、書類の一部がのぞいている。「芸能事務所について捜査しておられますね？　そこにムンリョ芸能事務所と書いてありますが……」

クォン警衛は表情を硬くし、さっとファイルをとりあげた。「大変恐縮ですが、忙しいのでこれで」

有無をいわせぬ空気がひろがる。那沖と能登は立ちあがるしかなかった。

廊下を歩きながら能登がささやいた。「警察はムンリョ芸能事務所について、なんらかの疑惑を抱いています。クォン警衛は捜査担当者なのでしょう。那沖さんに面会したのも、新たな情報を得られるのではと、期待したからに相違ありません」

「ところが日本側の都合ばかり主張されてうんざりしたか。ツアー客の失踪だとか、ささいな問題を持ちかけてきたのは、表向きの理由づけにすぎないと思ってたんだろうな」

「ええ。日本の役人がわざわざ飛んできたのです。じつは捜査に関わる重大な情報が提供されるんじゃないかと、内心おおいに期待していたのでしょう。ところが本当にツアー中のトラブルについての相談だったので、クォン警衛も拍子抜けしたようです」

「警察はどんな理由で、ムンリョ芸能事務所を調べてるのかな」

「公表されている情報によれば、経営者はチョン・ガプス社長。資産家で与党議員のイ・ジョンミン氏が、設立を援助したとか」

「国会議員がらみか」那沖はため息をついた。「警察が手をこまねくわけだ」

能登が妙な顔をして立ちどまった。「那沖さん。あなたが遠慮なさることはないでしょう」

「どういう意味だ？」那沖は立ちどまった。

「お忘れですか」能登は半ばあきれたようにいった。「那沖さんのお父上も国会議員ではありませんか」

27

絢奈は山中の坂道にいた。勾配《こうばい》が予想より急だった。とはいえガードレールに反射材が貼られ、カーブミラーもいたるところにある。路面も舗装済みだった。

街路灯がなくても、ほの明るく感じるのは、坂を下った先にひろがる街の光のせいだろう。ソウル全体の煌《きら》びやかなネオンが見渡せる。照らしだされた夜空全体が、蒼《あお》い絹に似た質感を帯び、厳かに輝きを放つ。

靴音が下ってきた。絢奈はユジョンらとともに、道端に身を潜めた。サンウとソッキュも近くにいるが、ふたりは目出し帽をかぶり、顔面を覆い尽くしている。SUVはここから二十メートルほど下に停めてあった。

バス停近くの平屋建てに、窓明かりが灯《とも》っているのは確認済みだった。だが忍び寄っても話し声がきこえないことから、母娘《おやこ》のうちひとりがでかけているのでは、絢奈はそう考えた。

推測は当たったらしい。ほっそりと痩《や》せた少女のシルエットがポリ袋を提げ、徒歩で坂を下ってくる。福田優里菜にちがいなかった。

だしぬけにユジョンが行動を起こした。サンウとソッキュが引き留めようとしたが、すでにユジョンは路上を駆けていき、優里菜の前に立ちふさがった。

ユジョンが大声で呼びかけた。「優里菜！」

優里菜はびくっとして立ちどまった。韓国語でささやきを漏らす。「ユ……ユジョン？　なんでここに……」

サンウとソッキュがユジョンを追いかけた。目出し帽をかぶった大男と小男の接近に、優里菜はすっかり肝を冷やしたらしい。あわてて坂を駆け下りていった。ポリ袋が放りだされる。雑多な食品類が路上にぶちまけられた。

「まって」ユジョンが必死に優里菜を追う。「話をきいて！」

絢奈も立ちどまってはいられなかった。サンウとソッキュにつづき全力疾走していった。坂をいくらか下ったところで、優里菜が道路から外れるのが見えた。バス停付近、平らに造成した一帯に駆けこんでいく。その先には数軒の建物がある。農家や小規模な工場、そしてコシウォンとおぼしき粗末な平屋建て。

優里菜は平屋建ての玄関に逃げこんだ。凸凹コンビがユジョンを追い越し、猛然と突入する。絢奈も建物のなかに足を踏みいれた。

カビ臭さが漂う土間の廊下が奥に延びる。左右の壁には木製のドアが連なる。新村にあったユジョンの住む寮より、さらにドアの間隔が狭かった。

行く手で優里菜がドアのひとつを開け放った。「お母さん！」

　母の瑞帆が動揺の声を発するのがきこえた。絢奈は追っ手の三人につづき戸口に達した。

　照明は裸電球ひとつだけだった。シングルベッドが床面積をほぼ埋め尽くす。ベッドの上には、ツアーからの逃亡時に持っていた荷物のほか、やはりポリ袋が散乱する。福田母娘は追い詰められたも同然に、小部屋の隅にうずくまった。恐れおののいたまなざしでサンウとソッキュを見あげる。

ふたりは目出し帽を脱いだ。サンウが凄味《すごみ》をきかせた。「盗んだ台本はどこにある⁉」

瑞帆は激しく狼狽《ろうばい》し、声を震わせながら日本語でうったえた。「なんですか。わたしも娘も日本人です。ここを借りてるだけです。でてってください」

どうやら瑞帆は大男と小男ばかりに気をとられ、いまだ絢奈やユジョンがいることを認識できずにいるらしい。サンウとソッキュも、言葉がわからず当惑をしめしている。

ソッキュが韓国語で優里菜に怒鳴った。「母親に台本をだせといえ！」

優里菜は瑞帆をかばうようにしながら、母娘ともども床にへたりこんだ。悲痛な表情を浮かべた優里菜が、韓国語のつぶやきを漏らした。「どうして……。いきなりこんなところに来るなんて」

ユジョンが凸凹コンビを押しのけ、福田母娘の前に立った。「優里菜。もうこんなことは終わりにしよ」

「なんで……？　ユジョン。この人たちはなに？」

「景福宮であなたのお母さんに協力したのはまちがいだった。お母さんの友達が整形目的でツアーを抜けだすのを、娘のあなたが手助けする必要がどこにあった？」

「母を責めないでよ」

「病室のわたしのスポーツバッグから台本を持ち去ったでしょ」

「あれは……。もともとユジョンが見せてくれるといってたし、ユジョンがまだ休んでたから、負担をかけると悪いと思って……」

「それで黙って盗んだ？　優里菜がそんな性格のはずがない。お母さんがそうしたんでしょう。あなたは一緒にいたのに止めなかった」

瑞帆は娘にすがりつき、日本語で懇願した。「優里菜。この人たちにでていくよう伝えて。どうやら行きちがいがあったみたいだけど、ユジョンひとりで来てくれなきゃ話し合いにもならない」

サンウが声を張りあげた。「おい福田瑞帆！　あんた優里菜の母親の瑞帆だよな。なにごちゃごちゃ喋《しゃべ》ってるか知らねえが、パクったもんは返せ。それともなにか。おめえ誰かに頼まれて、あの台本を盗んだのか」

優里菜は物思いに沈んだ目を母親に向けた。「台本を返せって……」

瑞帆が激しく首を横に振った。「知らないといって。優里菜、しっかりしてよ。あなたを頼れなかったら、お母さんは誰を頼ればいいの？　せめてこういうときぐらいは……」

とてもきいていられない。絢奈はサンウの背を叩《たた》いた。振りかえったサンウに、説得係を代わるよう目で伝える。サンウは怪訝《けげん》な表情ながら、相棒のソッキュをうながし、後方に退いた。

絢奈を目にしたとたん、瑞帆はすくみあがった。ばつの悪そうな顔で押し黙り、膝《ひざ》を抱えてうずくまる。

「瑞帆さん」絢奈は静かにいった。「ツアーから勝手に抜けだすのは規則違反ですよ」

「わ、わたしは……」瑞帆は顔を真っ赤にし、興奮状態でまくしたてた。「なにも逃げるつもりなんかなかったんです！　あの添乗員さん、榎本さんでしたっけ、急に台本がどうとかいってくるので……。わたしはあれを娘の友達から借りただけですし、事前に話が通ってると思ってました。でも優里菜がユジョンにちゃんと伝えなかったのか、こんな騒ぎに……」

「『Mカウントダウン』の台本をそんなに手にしたかったんですか。なぜですか」

「なぜって……。優里菜とのラインのやりとりで、ユジョンが古い台本を持ってるのがわかって、見せてくれるともいったから……」

「見せるよう頼んだのはあなたのほうですよね。頼むというより娘さんに無理強いしたんでしょう。今回の旅行で、有名どころの出演者がいなくても番組を観覧したがった。台本が目の前にあったら、ユジョンが許可してくれていないのに、持ち去る欲求に逆らえない。たぶんグッズも買いあさるクチですよね。重度のK－POP依存症ですよ」

「なにが？　わたしはふつうにK－POPが好きなだけです。そんな一方的に、人を病気みたいにいわないでください」

「娘さんを韓国で芸能人デビューさせたくて、練習生になるよう強要するのは、健全な教育とはいえません。優里菜さんの意思を尊重するのが母親の務めじゃないですか」

「韓国でのデビューは優里菜の希望でした！　わたしはそれを後押ししただけ」

「ちがいます。あなたが逆らえないようにしたんです。瑞帆さん、毒親の自覚を持ったほうがいいです。レッスン途中で芸能人になるのを断念した優里菜さんは、母親の期待を裏切ったと罪悪感を抱いてる。あなたはそれを利用し、よけいに支配を強化しましたね。以来ずっと、優里菜さんはあなたの憂さ晴らしにつきあわされてる」

「浅倉さん。あなたはただの添乗員でしょう。きのう会ったばかりなのに、わたしのなにがわかるっていうの！」

「あなたは韓流を現実逃避の拠《よ》りどころにしてる。K－POPファンどうしの友情と自分に言いわけしながら、範子さんのアリバイ工作に協力するなんて度が過ぎてる。韓国語を喋れる優里菜さんは、あなたの欲求不満を解消するための、ただの操り人形になってる！」

「こんな酷《ひど》いツアーだとわかってれば参加しなかった！　添乗員は最悪、日程も最悪。だいたい韓流芸能ツアーを中止するなんて政府の方針は……」

優里菜が瑞帆を遮り、絢奈に告げてきた。「おっしゃるとおりです。母は病気だと思います」

瑞帆は衝撃を受けたらしく、信じられないという顔で優里菜にすがりついた。「なにをいうの！　この人たちの口車に乗らないで。お母さんを見捨てないでよ！」

「お母さん」優里菜は目に涙を溜《た》めていた。「ごめんなさい。もっと早くいえばよかった。はっきり自分の気持ちを伝えるべきだった。でも察してくれるお母さんであってほしいと願ってたから……。わたしは練習生になりたくなかった。お母さんの喜ぶ顔が見たかったけど、たしかに浅倉さんのいうとおり、お母さんは韓流に逃げてる」

「優里菜……。逃げるもなにも、あなたも一緒にテレビを観てたじゃないの。あれは楽しんでるフリだったの？　嘘をついてたの？」

「わたしにとって韓国は現実なの！　練習生になってみてわかった。マネージャーもトレーナーもライバルも、みんな実在する人間でしかない。幻想をつくりだすために日々努力してるけど、そこにあるのは現実だけ。お母さんが追い求めてるのは商品化された幻想。すがったってなにも得られない」

「なんでそんなにお母さんばっかり責めるの。まるでお母さんだけが悪いみたいに」

絢奈は瑞帆にいった。「優里菜さんは母親のために生きてるのではありません。優里菜さん自身のために生きてるんです」

「そんなこと……。わたしは……」

「あなたは自分が批判されることを極度に恐れてる。なにがあったか知りませんが、韓流が現実の辛《つら》さを忘れさせてくれたとしても、それは人の努力が作りだした幻想だと理解すべきです。理解すればこそ実在する人々を敬えるんです。自分の満足だけを追求するのは、本物のペンではありません。あなたが母親として考えるべきことは、いつもふたつあるんです。ひとつはあなた自身の幸せ、もうひとつは優里菜さんの幸せです」

瑞帆は愕然《がくぜん》とした表情で絢奈を見つめていた。その目が優里菜に向けられたとき、大粒の涙が膨れあがった。しばし優里菜と見つめあううち、瑞帆はしゃくりあげて泣きだした。娘に抱きつき、ひたすら子供のように嗚咽《おえつ》を漏らした。

小男のソッキュは日本語がわからないはずだが、絢奈による瑞帆への説得は理解できたらしい。さも感心したように手を叩く素振りをした。サンウがやめろとばかりにソッキュをひっぱたいた。

絢奈はひざまずいた。「瑞帆さん。いったんすべてをリセットしましょう。台本がユジョンの手に戻り、優里菜さんとともにツアーに復帰すれば、万事解決です。もう範子さんもツアー仲間と一緒にいますよ」

瑞帆が涙にくれた顔をあげた。「ほんとに？」

実際には東南アジア系ヤクザや、不良芸能事務所の面々に取り囲まれている。だが絢奈は笑顔を取り繕った。「台本はどこですか」

「……このすぐ裏。小さなトラックの荷台」

「トラック？」絢奈は面食らった。「なんでそんなところに……。走り去ったら困るでしょう」

「ぼろぼろで埃《ほこり》をかぶってて、もう動きそうにないから……。荷台にビニールが敷いてあって、その下に隠すのにちょうどよくて」

静寂のなか、クルマのエンジンがかかる音がきこえた。ＳＵＶではない。もっと軽い響きだった。ディーゼルに特有のガラガラというノイズが交ざる。小型トラックっぽい。

絢奈ははっとして立ちあがり、凸凹コンビを突き飛ばした。ふたりがもつれあってベッドに倒れこむのを尻目《しりめ》に、絢奈は廊下へと駆けだした。

玄関をでて外の暗がりを走った。平屋の外壁に沿って迂回《うかい》し、裏手にまわる。ふいにヘッドライトの眩《まばゆ》い光が迫ってきた。小ぶりなおんぼろトラック、荷台は屋根のない平台だった。

思うが早いか、絢奈はトラックが加速しないうちに、荷台の縁《へり》をつかんだ。地面を蹴《け》って跳躍し、平台のなかに転がりこんだ。

トラックは平屋の前を通過し、道路へと向かった。玄関をサンウとソッキュが駆けだしてきた。サンウが驚愕《きょうがく》の声を響かせた。「アヤカ！」

「絢奈だって！」怒鳴りかえしたものの、トラックが急激に速度を上げ、起きあがることすらできない。絢奈は荷台を前方に這《は》っていき、運転席の背面の窓を叩こうとした。だがトラックは大きく曲がり、坂道を下りだした。絢奈の身体は右に左にと転がった。

信号のない山道のため、トラックは停車する気配もない。ドライバーは運転に慣れているらしく、容赦なく加速しつづける。坂を下りきったら市街地に入ってしまう。

　身体を起こせば、カーブ時の遠心力で投げだされる恐れがあった。絢奈は荷台に這いつくばったまま、敷かれたビニールシートにしがみついた。シートは固定されておらず、たちまち剝《は》がれて浮きあがった。

　緊張が走った。風になびくシートの下、本来なにもなかったはずの床に、見おぼえのある冊子が横たわっていた。車体が傾き斜めになると、台本は滑っていき絢奈から遠ざかった。絢奈は無我夢中で飛びついた。

　激しい振動と風圧のなか、安定しない腹這いの姿勢では、ページを繰ることさえ容易ではない。街路灯がないため、掲載内容の確認にも困難を極める。

　それでも暗がりに目が慣れつつあった。なんとかページをめくっていくと、技打ちの情報内に、まるで記憶にない文面が出現した。

　活字のハングルがびっしりと一ページを埋め尽くす。ざっと見たところ横に四十字ほど、縦に五十行ほどもある。いくつかの段落に分かれてはいるものの、終止符や休止符もなければ引用符もない。音読できないでたらめな文字の配列だった。単なる文字化けのようにも感じられる。

　やはりと絢奈は思った。これはなんらかのデータの暗号化だ。

ハングルは暗号化に適した文字だと能登先生がいっていた。基本形は二十四字しかないが、母音と子音に分かれているため、組み合わせにより十一万百七十二字にもなる。しかも漢字とは異なり、形状が単純でバリエーションも限られているので、スキャナーによる読みとりの精度が高い。ゆえに印刷されたアナログの状態での保管にも向いている。

電子データにしたのでは、保存用のデバイスが警察に押収されてしまう。重要な内容のため、オンラインにも置いておけない。しかし紙に印刷し、手もとに保管しておけば安全だ。

それでもハングルの無意味な羅列は、韓国人の目に奇妙に映る。キムは取り扱いに困り、台本の技打ちページに綴《と》じこんだ。だがおそらくガサ入れ中の警察官らが、書棚にあった台本も調べ始めたのだろう。よって居合わせたユジョンに台本を持たせ、事務所から逃がした。

ムンリョ芸能事務所が東南アジア系ヤクザまで使い、手段を選ばず回収しようとしたデータだ。チョン社長やキム部長にとっても生命線にちがいない。このままなにもせず渡していいのか。スマホがあればページを撮影できるが、いまは所持品を根こそぎ取りあげられてしまっている。

後方からクラクションが響き渡った。ヘッドライトが急速に接近し、トラックを追い越していく。サンウとソッキュのSUVだった。

SUVはトラックの前にでて、進路を妨害しようとする。だがトラックのドライバーもむきになったのか、いっそう加速しSUVと競り合いだした。すさまじいまでの風圧が絢奈を襲った。台本を飛ばされまいと両手で荷台に押しつける。いまはなすべきことを果たす必要があった。

山道をうねりながら下っていく。減速せずカーブに突入した瞬間、絢奈の身体は荷台から浮きあがった。車体が左右に傾くたび、側《がわ》アオリに全身が叩《たた》きつけられる。激痛に感覚が麻痺《まひ》し始めた。三半規管に狂いが生じたのか、吐き気すらもよおしてくる。

いきなりSUVがトラックの前方にまわりこみ、急ブレーキをかけた。トラックは衝突を避けるべく、こちらも急停車した。

まずいと思ったときには、もう絢奈の身体は宙に舞っていた。トラックの運転席を飛び越え、SUVの屋根に背を打ちつけた。勢い余って向こう側の路面に落下した。

腹這いにアスファルトに衝突してから、わずかに時間をおき、痺《しび》れるような痛みに包まれる。絢奈はうつ伏せになっていた。激痛に耐えつつ身体を起きあがらせる。台本は少し離れた場所に落ちていた。

耳におぼえのない男性の声が、韓国語で罵声《ばせい》を撒《ま》き散らす。トラックのドライバーのようだ。ソッキュの声がいいかえしている。口論が果てしなくつづいた。

駆け寄ってくる靴音があった。大男のサンウが身をかがめ、台本を拾いあげた。ただちにページを繰る。ハングルがびっしり印刷されたページを確認すると、サンウは満足げに台本を閉じた。

さっき絢奈はページを破りとることも考えた。だがどうするか迷っているうちに投げだされてしまった。暗号化されたデータを綴じこんだ台本は、いまサンウの手に落ちた。

エンジン音が轟《とどろ》いた。トラックが憤然としたようすで走り去った。また静寂が戻ってきた。サンウがSUVに悠然と引き揚げていく。入れ替わりにソッキュが絢奈に近づいた。

無理やり引き立てられるのだろう、絢奈はそう覚悟したが、意外にもソッキュは手を差し伸べてきた。

ずんぐりした体形の丸顔を見あげる。ソッキュはただ無言で見かえしていた。絢奈はソッキュの手を握った。ゆっくりと慎重に助け起こされる。

呆気《あっけ》にとられながらも絢奈はささやいた。「ありがとう」

ソッキュは頭を掻《か》きながら視線を逸《そ》らした。「ソッキュ。アヤカをしっかり捕まえてろよ。SUVのわきでサンウが声をかけた。「心配しなくても、人質をほっといて逃げるよう逃がさないよう注意しろ」

「アヤナだよ」ソッキュがいった。「心配しなくても、人質をほっといて逃げるような女じゃねえ」

サンウが意外そうにソッキュを眺めた。その目が絢奈に移った。しばし黙って絢奈を見つめる。怒りをしめしたりはしなかった。サンウは助手席のドアを開け、車内に乗りこんだ。

ソッキュが絢奈をうながした。「前に乗れよ。後ろはいっぱいでな」

絢奈は痛みを堪《こら》えながら歩きだした。若干の戸惑いがある。凸凹コンビの態度が変わったように思える。

運転席の開いたドアから、前部座席の真んなかに乗る。振りかえると後部座席にはユジョンと福田母娘《おやこ》がいた。ユジョンも優里菜も気遣うような目を向けてくる。瑞帆はひたすらうつむいていた。

ソッキュが運転席に乗りこんだ。「出発するぞ。シートベルトを締めろ」

絢奈はダッシュボードに接続されたｉＰｏｄに気づいた。検索用の音声入力ボタンを押していった。「マイティマウス。〝BAD BOY《ナップンノム》〟」陽気な音楽が奏でられた。男性ふたりのコミカルなラップに、ソヤの女性ヴォーカルが加わる。

左右の男ふたりは苦言を呈さなかった。音楽をとめようともしない。ソッキュは鼻を鳴らし、ゆっくりとステアリングを切った。サンウはサングラスをかけると、窓の外を眺めながらメロディを口ずさんだ。

那沖がいったとおりだと絢奈は思った。旅はなにが起こるかわからない。

28

妃華莉は美波とともに、ソファに身を固くし座っていた。ツアー客らはあいかわらずステージに声援を送っている。観る者を引きつけるパフォーマンスなのはたしかだ。けれども痛々しい。裏を知ってしまったせいもある。

連続して五組ほどのグループが登場したのち、また小休止の時間を迎えた。妃華莉はちらと後方を振りかえった。コシンが腕時計を眺めている。カウィンがコシンに近づき、なにやら耳打ちした。コシンは苛立《いらだ》たしげに歩きだし、厨房《ちゅうぼう》のドアに向かった。

ふたりはドアのなかに消えていった。また練習生たちに暴言を浴びせるつもりだろう。しばらくステージの中止を要請すべきかもしれない。だがおそらくコシンは聞きいれない。これは歓待というより、一方的なショーの押しつけだった。無料で招かれたのだから文句はいえない、そんな既成事実がでっちあげられようとしている。番組観覧への参加を妨害されたと申し立てても、こちらのショーに切り替えたはずと反論してくる気かもしれない。この会場は社長の個人的な所有物にすぎず、練習生もノーギャラで働かせているが、ショーには多額のコストがかかっていると主張することもありうる。不正な会計処理ぐらいお手のものにちがいない。

　ふいに鞠華が声を発した。「あっ」

一同は鞠華に目を向けた。鞠華が前のめりになり、両手のなかに視線を落とす。隠し撮りはツアーの全員が承知済みのようだが、コシンらに見つかったらまずい。尚美や亜弓が鞠華の両脇に身を寄せ、鞠華の手もとを覆い隠す。

　尚美が鞠華にささやいた。「なにしてんの。ばれるでしょ」

「だってさ」鞠華は表情をこわばらせた。「これ見てよ」

　スマホの画面をのぞきこんだ尚美が、にわかに驚きの反応をしめした。亜弓も同様だった。

中年男の井関が身を乗りだした。「なんだよ。いったいなにがあった？」

妃華莉は腰を浮かせ、美波とともに鞠華に近づいた。もう全員が鞠華の周りに集結している。

ユーチューブの管理画面があった。スーパーチャットによる投げ銭の収益がどんどん高騰していく。なんともう三十万円を超えているではないか。

美波が鞠華にきいた。「撮影だけじゃなく、ライブ配信してたの？　しかもスパチャまで……」

鞠華は悪びれずに応じた。「広告もオンにしてる。おかげで稼ぎの総額は五十万円を超えてる」

表示によると、現在の視聴者数は三十二万二千五百十六人。配信者勢いランキングの上位に位置しているのだろう、小休止中にも視聴者が増加しつつある。

コメントも盛況だった。ほとんどはハングルだが、英語や中国語、日本語も交ざっている。「サバイバル番組の生配信？」「昔っぽいけど、いまやってるライブだよね？なんだか新しい」「全然知らない出演者ばかりだけど、どこの練習生？　迫力があるよね」「ワンダーガールズの懐かしい振り付けが見れて感動した」「ほかの練習生のライブと雰囲気が全然ちがう」……。

川添が呆《あき》れたようにいった。「抜け目ないな。スパチャしてるってことは、登録者数が千人以上のチャンネルかよ」

鞠華が小さく鼻を鳴らした。「いつもK-POPイベントのファンカムで人気」

「それも隠し撮りだろ？」

「マスターがいなきゃK-POPってのは人気が広がらない」

「でたよ、勝手な理屈。芸能事務所が見逃してくれてるだけなのに、そこに胡坐《あぐら》をかいてる」

ふいに少女の声が背後から呼びかけた。「あのう」

はっとして妃華莉は身体を起こした。全員がいっせいに振りかえった。さっき厨房にいたソラという少女が、すぐ後ろに立っていた。ワゴンを運んできたようだ。

ソラは鞠華の肩越しにスマホを見つめた。持ちこまれるはずのない物の存在を知った。ソラの表情がこわばった。

井関がソラを手で制した。「お嬢さん、悪いけど、なにも見なかったことに……」

びくっとしてソラが身を退いた。そのとき足首を捻《ひね》ってしまったらしく、ソラは痛そうにうずくまった。

範子や尚美があわてぎみに駆け寄る。尚美はソラの肩を抱き、そっと助け起こした。

「だいじょうぶ？」

日本語が通じないようだ。妃華莉は韓国語でソラに話しかけた。「足を痛めてるのに、無理はしないで」

ソラは辛《つら》そうな顔をしていたが、すぐに気丈に振る舞いだした。「平気です」

スマホの件をコシンに告げ口するようには思えない。妃華莉はツアー客らに日本語で紹介した。「彼女はソラ。練習生たちはみんな裏で酷《ひど》い目に遭ってます。どう見ても痩《や》せすぎで、体力の消耗が激しく、もうスタミナの限界です。怪我の手当てもおこなわれていません」

一同に驚きがひろがった。隅駒が戸惑いのいろを浮かべた。「まさか。大げさだろ」

「いえ」美波が否定した。「誰もが傷痍《しょうい》兵のようなありさまです。どういう事情かは知らないけど、ここの練習生は最新のレッスンを受けてない。でも逃げることも許されないようです」

亜弓が真顔でささやいた。「きな臭い。そう思わない？　ここの練習生、メジャーな番組では全然見かけない。事務所が積極的にデビューを斡旋《あっせん》しているとは思えない。でもやたら大勢の練習生を飼い殺しにしてる」

美波がうなずいた。「練習生たちはろくにギャラももらってません。寮生活を強要されてるせいで、賃料がレッスン料とともに、練習生にとって多額の負債となってる」

尚美がきいた。「寮生活は特待生のあつかいでしょ？」

「ちがいます。みなさんが想像するような寮じゃないんです。まさしくムショみたいな、コシテルよりずっと劣悪な環境」

「でもよ」井関が口を尖《とが》らせた。「そんなことして、事務所になんの得がある？」

詳しいことはわからない。けれども現に練習生たちは虐げられている。しかも大半が未成年、少年少女ばかりだ。このままほうってはおけない。

鞠華がぼそりといった。「ギャラならでる」

一同の視線が鞠華の手もとに集まる。川添が目を輝かせた。「そうだ。スパチャの収益。このままなら百万円を超える。もっと稼ぐかも。練習生のみんなで分ければいい」

亜弓が途方に暮れた顔になった。「でもそんなの、ほとんど事務所にピンハネされて……」

隅駒は首を横に振った。「事務所なんか通さなきゃいい」

「それまずくない?」

井関が唸《うな》った。「まずくなんかないだろ。世間のK‐POPファンには人格者が多いが、俺たちゃみんな低レベルの落ちこぼればかりだ。依存心ばかり高くて、自分のことしか考えないせいで、いろいろやらかしちまってる。でもいまはここに監禁した奴らが悪い。せめていちどぐらい韓国芸能界に恩返しすべきだろ」

「だけど」範子が腫《は》れた頰をさすりながらいった。「隠し撮りでしょ? そこから上がった収益金なんて没収されちゃうんじゃない?」

鞠華が表情を険しくした。「いまはこのライブ配信こそが、わたしたちの希望をつないでる。ゲリラみたいなもんでしょ。助けられるのなら、練習生たちを真っ先に助けなきゃ」

尚美が鞠華にきいた。「ライブ配信で救助を求められない? 概要欄にSOSを書きこむとか」

「さっきからそれを考えてるけど、警察が動きだしたら、事務所の奴らに配信がばれる。先にわたしたちの身が……」

全員が青ざめた顔で押し黙った。いまはコシンたちに逆らわず、ただ無邪気にショーを楽しむフリをすることが安全につながる。その事実は揺るがなかった。

鞠華が提言した。「隠し撮りのライブ配信をつづけながら、おおごとにならない範囲で、場所の手がかりを伝える。すぐに警察が動かなくても、あとで証拠になるかも。それまでは練習生のために収益を得る」

川添がうなずいた。「あの東南アジア人たちが見張ってる以上、どうせパフォーマンスは中止できない。ならすべてを有意義に利用すべきだ」

異論を唱える者はいない。くせ者ぞろいのツアー客らしい総意だった。けれどもいまは非常事態だ。妃華莉も咎《とが》める気になれなかった。妃華莉は美波を見つめた。美波も同感だと目がうったえている。

妃華莉は韓国語でソラにささやいた。「このスマホを見て。あなたたちのパフォーマンスは世界じゅうに配信されてる。いま三十万人以上が観てる。収益はあなたたちが分けあえばいい」

ソラは目を丸くした。「三十万人……？」

「懐かしさや物珍しさだけじゃ、絶対にこんなに集まらない。人々の関心を引きつけてるのは、まぎれもなくあなたたちの力」

「で、でも……。わたしたち、事務所の許可なく公に出演できないんです」

「そんなのおかしいでしょう。自分たちがいちばんよくわかってるはず。事務所はあなたたち練習生の自由も希望も奪ってる。きょうそれが変わる。舞台裏に戻ったら、みんなに伝えて。ばれないようにこっそりとね。わたしたちがライブ配信してる。世界の三十万人以上があなたたちの味方だって」

茫然《ぼうぜん》とした顔のソラがスマホを眺め、それから妃華莉に視線を戻す。大きく見開いた目がかすかに潤みだした。

ドアの開閉音が響いた。全員がびくつく反応をしめした。コシンとカウィンが厨房《ちゅうぼう》からでてくる。

ソラはそそくさとワゴンを押し、厨房のドアに引きかえしていった。コシンは訝《いぶか》しそうに見送ると、こちらに視線を向けた。ツアー客らはあわてふためきながら、急ぎそれぞれの席に戻った。

コシンが歩み寄ってきた。「どうかしたか」

「いえ」妃華莉は笑顔を努めた。「あと何曲ぐらいあるのかなって」

「浅倉絢奈が戻るまでつづく。じれったいのは俺も同じだ。ツアー客には、なにもかも忘れて楽しむよう伝えとけ」

「はい。ちゃんと申し伝えてあります」

照明が消え、ステージにスポットライトが当たる。ツアー客たちは大仰なほど歓声をあげた。

妃華莉もステージに向き直った。ひそかにコシンのようすをうかがう。コシンはしばらく近くに立ち、ツアー客らを眺めていたが、やがて踵《きびす》をかえし歩き去った。

鞠華もそれを確認したらしい。手もとのスマホを操作しだした。こっそりカメラレンズをステージに向ける。ライブ配信が再開された。

大音量の音楽が全身を揺さぶってくる。いろとりどりのネオンの明滅を眺めながら、妃華莉は両手の指を組み合わせた。報われない少年少女たちのために尽くす。今後なにが起きようと、それがここにいた証《あかし》になる。

29

絢奈たちが連行されたのは、江南区の外れにある古びたビルの二階だった。日が没したいま、すでに退社時刻を過ぎているのだろう。フロアにひろがるオフィスは無人状態と化していた。どのデスクにも社員の姿はない。

ユジョンや福田母娘《おやこ》とともに、絢奈は事務机の谷間の通路にたたずんだ。大男のサンウと小男のソッキュが、そうするよう指示したからだった。サンウは受話器をとりあげ、内線のボタンを押した。ぼそぼそと誰かを呼びだす。

韓国の芸能事務所は江南に集中しているが、ここは中心街から外れた漢江のほとりだった。周りは大型の倉庫を有する工場ばかりだ。このビルの外も広々とした駐車場になっている。SUVはそこに横付けした。受付ロビーは通らず外階段を上り、絢奈たちは直接オフィス内へと導かれた。

別のクルマのエンジン音がきこえる。外階段に靴音が響いた。アルミ製のドアが勢いよく開け放たれる。

東南アジア系の男たちが踏みこんできた。ただしコシンやカウィンの顔はない。韓国人のスーツもぞろぞろと入ってくる。次いでキム・シニル部長が姿を現した。キムはドアのわきにかしこまって立つと、チョン社長を迎えいれた。

チョン社長がやれやれといいたげな顔で、スーツの前をかき合わせた。「やたら時間がかかったな」

キム部長はサンウとソッキュをかわるがわる見た。「台本はどこだ」

サンウが絢奈を一瞥《いちべつ》した。申しわけなさそうな目が絢奈をとらえる。ためらいがちに台本をキムに差しだした。キムが歩み寄り、受けとるべく手を差し伸べた。

ふいに外階段を駆け上ってくる靴音が響いた。ドアが開き、ひとりのスーツがあわただしく報告した。「社長。突然のご訪問です」

「なに？」チョン社長がドアに向き直った。その顔に驚きのいろがひろがった。ドアを入ってきたのは、質のよさそうなスーツに身を包んだ、威厳のある六十代ぐらいの男性だった。短く刈《か》った白髪頭、いかめしい顔に黒縁眼鏡をかけ、濃紫のネクタイを締めている。襟もとには金いろのバッジが光っていた。

キム部長が動揺をあらわにした。「イ議員。ここにおいでになるとは。こんな時間に如何《いかが》なされたのですか」

イ議員。ムンリョ芸能事務所の発足に関わったという、資産家のイ・ジョンミン与党議員にちがいない。チョン社長もキム部長も、イ議員に尻込《しりご》みする態度をしめしている。

だが絢奈は、イ議員につづいて現れたふたりにこそ、とてつもない衝撃を受けた。壱条那沖がこちらに目をとめた。はっと息を呑《の》み、ただちに駆け寄ってきた。「絢奈」

那沖とともに入室したのは、スーツ姿の老紳士、能登厦人だった。今度こそ見まちがいではなかった。能登は絢奈を見つめ、ほっとしたように表情を和ませた。

絢奈は那沖に抱きつきたい衝動に駆られた。けれども人目を考慮し思いとどまった。

那沖も似たような心境らしい。差し伸べた両手をどうすべきか、当惑ぎみにさまよわせたのち、絢奈の手を握ってきた。

「無事だったか」那沖の心配げなまなざしが見つめてくる。「よかった」

思わず泣きそうになる。絢奈は震える声でささやいた。「那沖さん。ここで会えるなんて」

ふと那沖が妙な顔になった。視線が絢奈の指に落ちる。婚約指輪がないことに気づいたらしい。

チョン社長がうろたえた声を響かせた。「なぜお越しになったのですか、イ議員。連れの方々は？」

イ議員が軽蔑《けいべつ》に似た目つきをチョン社長に向けた。「彼は日本の壱条凌真議員のご子息でね。それに議員の元秘書である能登氏。壱条議員のご子息は、観光庁に勤める役人でもあられる」

那沖は流暢《りゅうちょう》な韓国語でいった。「肝心なことが抜けてます。僕は浅倉絢奈の婚約者です」

一同が驚愕《きょうがく》の反応をしめした。ユジョンも優里菜も目を丸くした。

「あのう」キム部長が引きつった笑いを浮かべた。「弊社に突然のご訪問、誠に恐れいります。いったいどのようなご用件で……」

イ議員が仏頂面で応じた。「壱条議員のご子息が私にいろいろ教えてくれてね。この事務所の不審な経営方針について」

「不審な経営方針ですって？」

「ええ」那沖がうなずいた。「チョン社長。ムンリョ芸能事務所は成長著しい会社ですね」

「お陰さまで……」

「でも有名な芸能人はひとりも所属していない。なぜですか」

キム部長が社長に代わって口を開いた。「壱条さん。芸能事務所というのは、業務内容が多岐にわたっております。他社に所属する芸能人をブッキングする、エージェントとしての側面もありまして、弊社の実績としては現在のところ、そちらのほうが多くを占めます。もちろん独自の芸能人をデビューさせるべく、練習生を育成しており……」

「そこですよ」那沖が遮った。「ほかの事務所のオーディションに受からず、路頭に迷った芸能人志望の少年少女ばかりを、練習生として迎えいれてる。しかも人数がやたら多い。他社と比べて二十倍にも上ります」

「それだけ弊社は練習生の育成に熱心なんです」

「ちがいます。韓国コンテンツ振興院が芸能事務所に提供する補助金のうち、練習生の人数に応じ支払われる育成費が目当てでしょう。デビューさせたのでは多額の費用がかかってしまうため、全員を練習生のままにする。ただ増員ばかりを画策してるんです」

「まさか！　壱条さん、韓国芸能界の実態をよくご存じないでしょう。事務所に所属していれば練習生というものではないんですよ。政府機関による調査が……」

「抜き打ち調査をパスするため、練習生たちに最低限のレッスンだけは施してる。しかし年配で時代遅れのトレーナーを格安で雇っており、今後デビューできる水準まで育てる気はない。寮住まいを強要することで、家族にデビュー間近と錯覚させてもいる」

「誤解ですよ。練習生の全員に寮を提供する、良心的な事務所は弊社だけです」

ユジョンが我慢ならないという顔で抗議した。「良心的だなんて、冗談もほどほどにしてください。寮とは名ばかり、みんな最悪の環境に寝泊まりさせられてるんです。家から通いたくても、そうさせてくれないじゃないですか」

絢奈は那沖を見つめた。「ユジョンが正しい。老朽化した物件を安く買うか借りるかして、寮と称し練習生たちを押しこんでる。居住費もレッスン費も、練習生が辞めるときには三倍にして請求する」

キム部長がたどたどしく弁明した。「それは、ですね、ほかの事務所でもやってることで……」

那沖はイ議員に向き直った。「これがあなたの発足させた芸能事務所の現状です。チョン・ガプス社長がやってることは、貧困ビジネスと変わりません。芸能活動の実態はなく、国の補助金を搾取するだけの悪徳業者です。支出がほとんどないからこそ、三大芸能事務所に匹敵する企業規模に成長したんです」

イ議員の射るような目つきがチョン社長をとらえた。「本当か」

「いえ」チョン社長はおろおろといった。「そのう。なんと申しあげたらよいか……」

きまった。那沖の顔にそう書いてあった。満足げに胸を張り、絢奈に微笑を向けてきた。

だが絢奈は不穏な気配を感じていた。「那沖さん。油断しないほうが」

能登も神妙にうなずいた。「私もご忠告したのですが」

那沖が苦笑しながらスマホをとりだした。「また。能登先生も心配性だな。絢奈、もう不安がらなくていいよ。すぐ警察を呼ぶから……」

するとイ議員が片手をあげた。通報しようとする那沖の動きを制した。

イ議員は小言を口にした。「けしからんぞ、チョン社長。日本の若い役人ごときに見抜かれるとは」

「はあ」チョン社長はハンカチで額の汗を拭《ふ》いた。「まったくお恥ずかしいかぎりです。議員のお手を煩わせたくはなかったのですが」

東南アジア系の男がつかつかと歩み寄り、那沖の手からスマホを奪いとった。

「なっ」那沖は愕然《がくぜん》とした。「イ議員。どういうことです」

絢奈は呆《あき》れながら那沖を見つめた。「黒幕は国会議員。世の常識じゃん」

那沖が面食らったようにつぶやいた。「そんな馬鹿な」

キム部長が余裕を漂わせた。「育ちのいい坊ちゃんは単純だな」

やれやれと絢奈は思った。「那沖さん。国会議員が善人だなんて、国会議員の子供ぐらいしか思わない」

能登もしかめっ面になった。「だから申しあげましたのに」

ようやく事情を察したらしい。那沖がイ議員に食ってかかった。「こんな詐欺行為に加担なさるとは……」

だが東南アジア系の男が割って入った。韓国人のスーツたちも、絢奈やユジョンらに群がってきた。

那沖が立ちすくんだ。福田母娘《おやこ》が怯《おび》えた声を発した。

人質を傷つけられるのでは、そう思ったにちがいない。抗議を断念したようだ。

イ議員はチョン社長を振りかえった。「例の金だが、動かさないままでは足がつくぞ」

「ご心配なく。アクセスに必要な全データを取り戻しましたので」

チョン社長が顎《あご》をしゃくった。キム部長がサンウから台本をひったくった。例のページを開き、イ議員にしめす。

「よかろう」イ議員はうなずくと、外階段に面したドアへと歩きだした。「後始末はまかせた。婚約者どうしが旅先で失踪《しっそう》するのはよくあることだ」

那沖が怒りの声で呼びかけた。「イ議員!」

しかしイ議員は立ちどまることなく、社員の開けたドアを抜け、外階段を下りていった。ほどなくクルマのエンジン音がきこえた。イ議員の乗ったクルマが遠ざかっていく。

絢奈はため息まじりにいった。「電車のなかがゾンビだらけになる韓国映画にも、ああいう奴がいたっけ」

東南アジア系の男がスマホを片手に、いきなり声を張りあげた。「社長！　大変です」

「なんだ」チョン社長が煩わしそうにきいた。

男は壁の大型モニターに駆け寄った。USBケーブルにスマホを接続する。「いま画面にだします」

モニターの電源が入った。映しだされたのはユーチューブの動画だとわかる。何年か前のK－POPっぽいパフォーマンスだが、古い映像ではなくライブ配信のようだ。スパチャのコメントが盛況で、投げ銭もさかんに飛び交っている。

チョン社長が絶句した。「このステージは……」

キム部長が取り乱す反応をしめした。「コシンはなにをやってる！　ジャマーを持ってるはずだろ。なぜ起動させない」

東南アジア系の男が戸惑いがちに答えた。「コシンやカウィンのスマホとも連絡がつかなくなっちまうので……」

「いますぐ連絡しろ。ジャマーを起動するようにいえ！」

ユジョンが茫然《ぼうぜん》とつぶやいた。「あれは……」

絢奈はきいた。「なに？」

「わたしの練習生仲間。あのステージは社長が接待に使う私設ホール」

「私設ホール？　場所はわかる？」

「ええ。政府機関の調査が入るたび、そこで練習生がショーを披露するから」

オフィス内はにわかに慌ただしさを増した。チョン社長が血相を変えた。「キム部長。すぐ資産を動かせ」

「ただちに」キム部長は台本の一ページを破りとった。コピー機兼用のスキャナーの蓋《ふた》を開ける。ハングルの埋め尽くす紙面を、ガラスに伏せて置いた。

近くのパソコンのマウスを滑らせる。ブラウザに英文のサイトが表示された。キム部長がクリックすると、パソコンに接続されたスキャナーが作動し、スキャニングを開始した。

能登が日本語で那沖にささやいた。「あのサイトはカリブ海の英領ヴァージン諸島の金融企業です」

那沖が小声でたずねた。「租税回避行為か」

「そうです。富裕層への税優遇制度の手厚い地域に、財産を隠しているんでしょう。いわゆるタックスヘイブンです」

「あの台本のページは？」

「預けた資産のオンライン管理には、厳重なアクセス制限がかかっています。よってアクセスには大量の本人確認用データを送信する必要があるのです。ハングルを用いた暗号化なら短く圧縮できます。文字の形状が限られているため、スキャニングも正確です」

「電子データじゃなく、あえてアナログで保管してるのか。でも紙に印刷された物なら、コピーがとり放題じゃないのか」

絢奈は首を横に振った。「チョン社長たちはあの台本を躍起になって探してた。コピーをとることを禁じてたんだと思う」

能登が澄まし顔でつぶやいた。「とすると、タックスヘイブンの証拠につながる鍵《かぎ》は、あの一枚だけしか存在しませんな」

どうにも腑《ふ》に落ちないことがある。絢奈は能登を見つめた。「先生。さっきの国会議員が怪しいとわかってたんなら、那沖さんを止めてよ」

「事実確認を優先させていただきました」能登が絢奈を見かえした。「それに浅倉さんなら、とっくに真相に気づいたうえで、しかるべきなんらかの処置をとっているだろうと」

絢奈は思わず微笑した。能登先生は絢奈を信頼してくれていたらしい。

那沖は意味がわからないようすで、ひとり眉《まゆ》をひそめた。「なんのことだ？」

ブザーが鳴った。キム部長がうわずった声を発した。「なぜアクセスできない!?」

パソコン画面にはERRORと表示されていた。チョン社長が忌々しげに歩み寄った。「キム部長。いったいなにを手こずってる」

「スキャニングしたデータが復元できません」

「なんだと？　どうしてだ」

「わかりません」キムは焦燥とともにスキャナーの蓋を開けた。紙を手にとり、ハングルの羅列をしげしげと眺める。穴が開いていたり、ゴミが付着したりしていないか、詳細に確認しているようだ。なんの異状もないとわかると、キムは福田母娘に詰め寄った。「おい！　これはちがう。本物の台本はどこだ」

瑞帆には韓国語がわからない。優里菜がびくつきながら応じた。「本物の台本って？　それ、ユジョンが持ってた台本です」

キム部長はユジョンに向き直った。「預けた台本はどこだ。こんな精巧な偽物をでっちあげるとは、やはり警察と通じてたのか」

ユジョンは首を横に振った。「なんのことですか？　勉強のために貸してくださっただけのはずでしょう」

泡を食ったキム部長が、絢奈に食ってかかった。「ならおまえのしわざか。本物のデータをどこへやった！」

絢奈はキムを見かえした。「わたしになにか小細工できる暇があったと思いますか」

血走った目が絢奈を凝視する。キム部長はサンウとソッキュを振りかえった。「さてはおまえら、よその勢力の犬か！」

凸凹コンビはぎょっとした。サンウが不満げにきいた。「なにをおっしゃるんですか」

「おまえらが俺に偽物をつかませたんだ。ほかからいくらもらった？　この薄汚い裏切り者どもが」

ソッキュが抗議した。「キム部長、あんまりです。俺たちは会社に尽くしてきたじゃないですか」

「練習生のなり損ないめ！　使い走りも満足に果たせないのか」キムが東南アジア系の男に指示した。「サンウとソッキュを締めあげろ。本物をどこへやったか、いますぐ吐かせろ」

男たちが凸凹コンビを包囲する。サンウとソッキュは啞然《あぜん》と立ち尽くしていた。だがそれは一瞬のことにすぎなかった。男たちがつかみかかると、サンウは逆上した。驚異的な怪力で至近の事務机を持ちあげる。雄叫《おたけ》びに似た声を発し、事務机を振りまわしたうえ、男たちに放り投げた。

書類や事務用品がぶちまけられ、ガラス製品が割れ、オフィスはパニック状態と化した。男たちが反撃にでたものの、サンウは次々に背負い投げにし、敵勢を床に叩《たた》きつけた。ソッキュも手当たり次第に物をつかんでは投げる。チョン社長とキム部長は大混乱のなかを逃げ惑った。

台本から破りとられたページが床に舞い落ちた。絢奈は頭からスライディングし、その紙を奪いとった。駆け寄ってきた那沖に、絢奈は助け起こされた。

絢奈は日本語で怒鳴った。「逃げて！」

福田母娘が走りだした。能登が外階段に面したドアを開けた。絢奈はユジョンの手を引いた。那沖とともに外階段へと急ぐ。

背後でチョン社長の怒鳴り声が響いた。「日本人どもが逃げるぞ！」

外階段にでた。福田母娘とユジョンを先に行かせる。絢奈と那沖は手を取りあい駆け下りた。背後を振りかえる。追っ手の顔がのぞいたが、サンウに襟の後ろをつかまれ、オフィス内に引き戻される。逃げるならいまのうちだ。

二階のオフィスから地上まで、さほど距離もなかった。一行は階段を下りきったものの、駐車場には数台のクルマがあるのみだった。サンウとソッキュのSUV、チョン社長の黒塗りセダンのほか、ワンボックスカー数台。どれもキーがなければ走れない。ここから幹線道路はかなり遠い。タクシーを呼んでいる暇もない。

頭上からサンウの声がきこえた。「絢奈！」

東南アジア系の男を羽交い締めにしたサンウが、なにかを投げ落とした。金属音を奏でながらアスファルトで跳ねた。鍵束だとわかる。サンウは飛びかかってくる敵勢と組み合い、またオフィスのなかに引っこんでいった。

絢奈は鍵束を拾いあげた。スマートキーがついている。ドアロック解除のボタンを押した。近くに駐車中のSUVのハザードが点滅する。

能登がSUVに歩み寄り、後部座席のドアを開けた。「急ぎお乗りください」

ユジョンと福田母娘《おやこ》がドアのなかに駆けこんだ。那沖が絢奈の肩を抱きながら走った。能登は左側の運転席におさまった。

絢奈と那沖は前部座席に乗りこんだ。ふたつある助手席に並んで座る。絢奈の左隣りが運転席だった。なぜか能登は上着を脱ぎ、ネクタイを外した。ダッシュボードから目出し帽をとりあげ、頭からかぶった。顔を覆い隠した能登に、絢奈は声をかけた。「先生。なにをするつもり……？」

「左ハンドルは久しぶりです。しかもマニュアルとは腕が鳴る」能登はボタンを押し、クルマのエンジンをかけた。「行きますよ。後ろの方々、シートベルトは締めておられるでしょうな」

外階段を男たちが駆け下りてきた。サンウとソッキュが棒を振りまわし追いかけてくる。男たちはふたりから逃げると同時に、絢奈らの追跡にかかろうとしている。

絢奈は思わず叫んだ。「先生。早く出発して！」

いうまでもなかったらしい。能登はすばやくギアを入れ替え、アクセルを踏みこんだ。ＳＵＶは急発進した。前方は建物の外壁になる。速度を落とさず突っこんでいった。ぶつかる。絢奈がのけぞったとき、能登は瞬時にギアをシフトダウンさせ、ステアリングを一気に切った。クルマは速度を維持したまま、外壁の手前で器用にターンした。行く手で男たちが逃げ惑う。能登がクルマを加速させた。駐車場を猛然と駆け抜け、車体はゲートから公道に飛びだした。

メーターパネルによれば、時速は百三十キロに達している。能登は落ち着いた口調でいった。「浅倉さん。『Ｗｒｅｃｋｆｅｓｔ《レックフェスト》』をプレイしたことは？」

「先生」絢奈は首を横に振った。「そんなことはいいから運転に集中してください」

「あのゲームは反射神経がおおいに鍛えられます。オンライン対戦で世界じゅうの若者と競うのはとても楽しい」

「なんでそんな話をするんですか」

「左ハンドルに慣れているといいたかったのです。とりわけこのようなワイルドな運転に」

幹線道路との交差点、信号は赤だった。能登はかまわずSUVを突入させた。迅速なヒール・アンド・トゥでクラッチを瞬時につなぐ。走行車両のわずかな隙間を縫い、絶妙なコーナリングで交差点をクリアした。四方からクラクションが浴びせられる。

能登はドリフトも同然の横滑りで車線を変え、次々とクルマを抜き去っていった。後部座席のユジョンや福田母娘は、すっかり凍りついているのか、悲鳴ひとつあがらない。絢奈も肝が冷えきっていた。思わず那沖と手を握りあった。

能登がきいた。「行き先は?」

そうだった。絢奈はユジョンを振りかえった。「チョン社長の私設ホール、場所は?」

ユジョンがこわばった表情で応じた。「永登浦区の工業地帯……」

「ふむ」能登がナビに目を走らせた。「この先を左ですな」

那沖がいった。「先生。チョン社長はイ議員とつるんでる。国家権力が相手じゃ外国人には分が悪い」

サイレンが鳴り響いた。絢奈は息を呑《の》んだ。リアウィンドウ越しに赤と青のパトランプが点滅している。しかもその数がどんどん増えていく。

能登はステアリングを切りながら淡々と告げた。「暴走車を捕らえるため、付近のパトカーが集結します。国会議員といえど、通報を揉《も》み消せるものではありません」

このままチョン社長の私設ホールまで、パトカーの大群を引き連れていく気らしい。

絢奈の心拍は激しく高鳴った。「わたしたち全員、お尋ね者になっちゃう」

「いえ」能登がスマホをとりだした。「いまのうちに通報してください。目出し帽の男に誘拐されたと話せばよいのです。前部座席は街頭防犯カメラに映るため、それが証拠になります」

那沖が青ざめた顔でスマホを受けとった。「なるほど……。ソウル地方警察庁の交通安全課だけじゃなく、捜査部まで引っぱりだせるわけか」

「浅倉さん」能登が告げてきた。「ハングルの暗号化データですが……」

絢奈は紙を差しだした。「ここにあります」

能登がそれを片手で受けとった。「ほう。文字化け印刷を装ったデータですか」

「そんなもの見ないでください！　前だけ見て運転してよ」

「あわてずとも大丈夫ですよ。浅倉さん。書き足した場所をおぼえていますか」

「いいえ。急いでたので、正確には……。でも一か所だけ。주《チュ》に書き足して조《チョ》。トラックの荷台の上じゃそれが限界だった。ほんのわずかな追記だから、眺めただけじゃわからない」

那沖が驚きのいろを浮かべた。「書き足した？　たったそれだけで、暗号が元のデータに戻らなかったのか」

いっこうにクルマを減速させないまま、能登が悠然と応じた。「一字でもちがえば関数などの法則性が狂うため、暗号化されたデータは一部たりとも元に戻りません。浅倉さんは直感的に、そのことに気づかれたのでしょう」

絢奈は思わず笑った。「パスワードでも一字ちがいで入れないとか、そのていどの認識だったけど……」

「でも」那沖がいった。「スキャニングで書き足しが弾《はじ》かれるんじゃないのか？　ごく短い線であっても、活字と同じようには書き加えられないだろ」

「いいえ」能登が冷静に説明した。「光学文字認識は、たとえ活字のみが対象であっても、あるていどのファジィさを残しているものです。でなければ紙の歪《ゆが》みや凹凸による文字の微妙な変形だけで、正確に読みとれなくなってしまうからです」

「ああ、そうか……。手書きの郵便番号すら読みとる技術だ。登録された文字に最も近い形状を検出する。絢奈の書き足した線がわずかにずれてても、問題なく認識される」

　能登がうなずいた。「キム部長らはアナログデータのスキャニングを、デジタルデータと同じように考えたんでしょう。そこに盲点があったのです」

　絢奈は苦笑した。「あいつら、わたしの筆記具を没収済みと思いこんでいたから、書き足しの可能性をまるで考慮しなかった」

　那沖が見つめてきた。「ボールペンを隠し持ってたのか？　どこに？」

「ボールペンじゃなくフリクションペン」絢奈は胸ポケットからネームプレートを外した。三センチにカットしたペンの芯《しん》が、裏にセロテープで貼りつけてある。「いつも筆記具を失くしがちだから、ネームプレートを筆記具にすりゃいいかって」

「さすが絢奈だ。ラテラル・シンキングの天……」

　後部座席から優里菜が身を乗りだした。「ちょ……危ない！」

　前方にパトランプが迫った。複数のパトカーが逆走してきて、行く手をふさごうとする。能登はブレーキをかけるやステアリングを切った。ギアをローに落とし、クラッチを踏んだまま、サイドブレーキを一気に引いた。またクラッチから足を浮かせたらしい。絢奈がそう思ったとき、車体は想像を絶する駆動をしめした。まるで真横に走る機能が備わっていたかのように、前後からのパトカーの挟み撃ちに対し、難なく側面へと脱していく。能登がステアリングを逆方向に切った。ＳＵＶは巧みにコーナーを折れ、脇道にまっすぐ飛びこんでいった。

生きた心地がしないとはまさにこのことだ。絢奈はのけぞったまま声もでなかった。那沖と握りあう手が、汗でぐっしょりになった。

能登が横目にこちらを眺めた。「いい表情です。誘拐されたという訴えに説得力が生じます。ところで那沖さん、そろそろ通報なさっては?」

30

妃華莉はステージ上のパフォーマンスに見いっていた。ボーイズグループの気迫の籠《こ》もったダンスがつづく。曲目はＥＸＯの『Ｍｏｎｓｔｅｒ』だった。

突如、鞠華が声をあげた。「あれ!?　やばい」

亜弓が身を乗りだした。「どうしたの？」

「電波が途絶えた。送信できない」

美波も腰を浮かせ、鞠華のもとに駆け寄った。「ライブ配信が中断したってこと？」

川添が顔をしかめ立ちあがった。「まずいな。せっかく順調に収益があがってたのに」

ツアー客がみな鞠華に群がり、スマホの操作にあれこれ助言する。鞠華はスマホをいじっていたが、圏外の状態に変わりはないようだ。

「なんで？」鞠華が戸惑い顔でこぼした。「さっきまでは問題なく電波が入ってたじゃん」

妃華莉ははっとした。すぐ近くに黒い影がふたつたたずんでいる。東南アジア系のふたり、コシンとカウィンだった。

コシンが後方を振りかえり、天井近くを見上げた。右手で首を切るような仕草をする。視線の先にサブ室の窓があることに、妃華莉は初めて気づいた。窓の奥でスタッフがあわてながらオペ卓を操作する。

音楽が途絶えた。踊っていたボーイズグループが困惑ぎみに動きをとめる。照明が戻った。ツアー客一同はコシンとカウィンをまのあたりにし、そろって恐怖の反応をしめした。

硬い顔のコシンが、タバコの箱ぐらいの装置をとりだす。赤いLEDが点滅していた。コシンは醒《さ》めた表情でいった。「ジャミング電波だ。スマホはいっさい使えねえよ」

鞠華がびくっとし、スマホを手で覆い隠した。しかしコシンたちはすでに察していたらしい。いまさら取りあげようとする動きもなかった。

カウィンがステージ上の練習生らに怒鳴った。「おまえらも覚悟しとけ！　よくも俺たちを愚弄《ぐろう》してくれたな。ライブ配信なんて十年早《はえ》えんだよ。収益なんかびた一文、おまえらにまわさねえ」

コシンが前のめりになり、怯《おび》えるツアー客らの顔をのぞきこんだ。「間抜けな日本人ども、韓国語はわからねえだろうが、これでもう終わったぜ？　うちの事務所は目当ての物を取り戻したが、おまえらが無事に帰ることはもうない」

美波が震える声できいた。「絢奈は戻ってきたの？」

「ああ」コシンがうなずいた。「さっき報告があった。おまえらとの再会は叶《かな》わないがな。せっかくもてなしてやったのに、馬鹿な連中だぜ。明朝にはバス事故が発覚する。全員が漢江の川底から見つかるだろな」

「なんで？　悪いことはしてません。ライブ配信は練習生のためになるでしょ」

「事務所に無断の盗撮はペナルティに値する。うちのペナルティは極刑ってことになってる。おいカウィン」コシンは相棒を振りかえった。「練習生どもを集めろ。あいつらも懲らしめとかなきゃな。そのあとで日本人どもをまとめてバスに……」

　いきなり井関が大声を発し、コシンに突進していった。身体ごとぶつかり、勢いよく押し倒す。コシンの手からジャマーが飛んだ。床に転がったジャマーを、カウィンがあわてて拾いあげる。

　すると今度は川添がカウィンに飛びかかった。井関も起きあがるや加勢し、ふたりでカウィンに体当たりを食らわせた。カウィンは背後に転倒した。もつれあううちプールサイドに近づいていく。コシンがようやく立ちあがり、カウィンを支援すべく駆け寄った。

　プールサイドで男たちがひとかたまりになり、激しい争いが繰りひろげられる。範子と亜弓が目配せしあい、ふたり同時に駆けだした。揉《も》みあう男たちに身体ごとぶつかる。男たち四人はプールのなかに投げだされた。水飛沫《しぶき》が高々とあがる。

　鞠華が叫んだ。「電波が戻った！」

ジャマーが水に浸《つ》かって駄目になったらしい。なおも四人は水面に顔をだしたり、水中に没したりしながら、つかみあいの喧嘩《けんか》をつづけている。

ステージ上のボーイズグループが駆け下りてきて、プールに飛びこんだ。井関と川添の味方が一気に増えた。多勢に無勢、コシンとカウィンは頭を水面下に押さえこまれ、半ば溺《おぼ》れるようにじたばたと苦しみだした。

美波がサブ室の窓に韓国語で呼びかけた。「ショーをつづけて！　音楽を流して」

ところが窓の奥でスタッフが逃げだすのが見えた。サブ室は無人と化してしまった。隅駒が観音開きの扉に駆け寄った。屋外に通じる唯一の出入口だが、施錠されている。押しても引いてもびくともしないようだった。

亜弓が唇を噛《か》んだ。「ここに監禁されてることを、ライブ配信で伝えないと」

鞠華は首を横に振った。「不穏なことが起きてるのが発覚すると、ユーチューブ側に配信を停止されちゃう。事務所の奴らが新たに妨害してこないともかぎらない」

たしかにそうだ。またジャマーを持った人間が駆けつければ、やはりライブ配信は不可能になる。ほかの方法で通報しようとも、警察より先に敵勢が襲いかかるだろう。

妃華莉は思いつくままにいった。「ハプニングが起きてないフリをしなきゃ。パフォーマンスが問題なくつづいてるように見せかけながら、現状をさりげなく外に伝えるとか」

美波がサブ室の窓を指さした。「でも音楽すら流せないよ」

日本語のやりとりを察したらしい。プールからあがってきた練習生の少年が、びしょ濡《ぬ》れのまま近づいた。息を切らしながら韓国語で告げてくる。「サブ室の機能なら、舞台袖《そで》のオペ卓に切り替えられます。僕らでやれます」

亜弓が顔を輝かせた。「ならショーを続行しようよ。大勢の視聴者が観てる状況であればこそ、さりげない情報に気づく人も増える」

「でも」練習生の少年が表情を曇らせた。「みんなそろそろ限界です。歌える曲も尽きてきたし」

鞠華がスマホの画面を眺めながらいった。「まって。スパチャにアンコールのリクエストが殺到してる。『VeryVeryVery《ノムノムノム》』が圧倒的に多い」

妃華莉は練習生の少年にきいた。「『VeryVeryVery』の女の子たち、もういちどできない？」

少年が困ったように唸《うな》った。「ひとり足首を捻挫《ねんざ》しちゃってる。リードラッパーだから、欠員は厳しいよ。アドリブでカバーできるほどの技術はさすがに……」

美波が口をはさんできた。「足を捻挫したのって、小柄な子じゃなかった？　わたしと同じぐらいの背丈の」

沈黙が降りてきた。妃華莉はなにかが胸にひっかかり、思わず言葉を失った。まさかとは思うが……。

31

絢奈は激しく揺れる前部座席で全身を硬直させていた。夜の闇が果てしなくひろがる。能登の運転するＳＵＶは住宅地を抜け、永登浦駅に近い工業地帯を疾走していた。紡績とビール工場の狭間《はざま》に延びる、一般車の通行が途絶えた道路を駆け抜けていく。

静寂にはほど遠い。サイレンがひっきりなしにこだましている。後方には赤と青のパトランプが無数に、海原のごとく波打っていた。ときおり行く手にもパトカーがまわりこんでくる。能登は驚異的なハンドルさばきにより、どう見ても抜けられない狭い幅を難なくすり抜け、なおも逃走しつづける。

目出し帽をかぶった能登が、韓国語で後部座席のユジョンにきいた。「この先はどっちに？」

ユジョンが怯えた声で応じた。「右です。それから三叉路《さんさ》を道なりに」

絢奈の隣りで那沖がスマホをいじっている。那沖は声を弾ませた。「見つけた！　絢奈。ライブ配信のチャンネルがあったぞ。さっきのステージにまちがいない」

「ほんとに？」絢奈はスマホの画面をのぞきこんだ。

陽気でアップテンポなリズムが鳴り響く。ガールズグループの七人組が『VeryVeryVery《ノムノムノム》』を歌い踊っていた。全員が白のポロシャツに赤いミニスカートという衣装で統一している。

だがそのメンバーのひとりを見たとたん、絢奈は思わず咳《せ》きこんだ。

那沖が眉《まゆ》をひそめた。「絢奈、どうした。車酔いか？」

「美波……。あの子、いったいなにしてんの」

赤く染めたツーサイドアップの髪を揺らしながら、両手のこぶしを顎《あご》の下で振る。まぎれもなく美波だった。なぜか衣装を着てパフォーマンスに加わっている。

優里菜が後部座席から身を乗りだした。「まさかポジションはリードボーカル？」

ユジョンが首を横に振った。「リードラッパーじゃない？　ダンスはそこそこついていってるけど……」

まさしく曲がラップに差しかかろうとしている。絢奈は耳を塞《ふさ》ぎたい衝動に駆られた。

美波の声がラップを始める。ところが意外にも発声がしっかりしていた。テンポのずれもない。日本語風の長音は使わず、韓国のラップに特徴的な、英語的な強く長い母音を再現できている。

絢奈は衝撃とともに画面を見つめた。一糸乱れぬダンスがつづく。ひょっとして美波はこの曲を得意としていたのだろうか。カラオケでよほど練習を積んだとしか思えない。

突然カメラがパンし、ステージがフレームアウトした。カメラが後方を振りかえったようだ。

暗がりのなか、大きな観音開きの扉が見える。片側の扉が手前に開いた。スーツの男たちが群れをなし踏みこもうとしている。だが屋内側から数人が駆けつけ、扉を力ずくで押し戻した。

必死に扉を塞ぐのはツアー客たちだった。井関や川添はなぜかずぶ濡れになっていた。ほかに範子や尚美の姿もある。亜弓がテーブルを扉の前に引きずってきた。ツアー客らはかわるがわる家具類を積みあげ、扉が開かないようにしている。それでも扉はさかんにしなった。外にスーツたちが殺到しているらしい。

那沖が緊迫した顔できいた。「なにが起きてる?」

絢奈はいった。「ライブ配信を知った社員たちが突入を試みてる。でもツアー客がそれを阻んでる」

わざわざ映したのは状況を伝えるためだろう。スパチャのコメントにも反応が現れている。「なにやってるんだ?」「ただならぬ雰囲気」「これも演出?」「なんかやばい」

優里菜がユジョンにきいた。「この扉どこかわかる?」

ユジョンがフロントウィンドウ越しに、クルマの進路を指さした。「左に見える倉庫みたいな建物。あの真んなかにある扉がそう」

建物の周囲は開けていた。数台のクルマが駐車し、スーツらが扉に群がっているのが見える。

能登がうなずいた。「状況はわかりました。みなさん。衝撃に備えてください」けたたましくクラクションを鳴らす。ヘッドライトがハイビームになった。減速するどころかむしろ加速しつつ、SUVは扉めがけ突っこんでいった。スーツの男たちが蜘蛛《くも》の子を散らすように逃げていく。絢奈はスマホの画面を一瞥《いちべつ》した。ツアー客たちもクラクションに驚き、扉の前から退避する。

衝撃が全身を揺さぶった。扉を突き破った瞬間、ボンネットがひしゃげ、フロントガラスが粉々に砕け散った。さっきまでスマホの画面で観ていたステージが、いまSUVの前方にある。妃華莉やツアー客が逃げ惑うのがわかった。壇上では美波がほかの出演者らとともに、パフォーマンスの途中で凍りついている。

シートベルトが強く締めあげると同時に、目の前に白いものが膨れあがった。顔面がエアバッグのなかに埋《うず》もれたと気づく。火薬のにおいとともに視界が閉ざされた。一瞬だけ気を失ったようだ。ふと我に返ると、那沖が絢奈のシートベルトを外していた。

「降りるぞ」と那沖がいった。那沖に抱きかかえられながら、ほとんど倒れこむも同然に、絢奈は車体から転がりでた。

顔をあげると、車体の周りには絢奈と同じく、ユジョンや福田母娘《おやこ》がへたりこんでいた。頭にうっすらと白い埃《ほこり》が降り積もっている。辺り一面が瓦礫《がれき》の山と化していた。

まったく無茶な運転だ。だが能登はなにくわぬ顔で運転席から車外に降り立った。すでに目出し帽を脱いでいる。ネクタイを締め直し、上着を羽織るさまは、まるで朝の出勤風景のようだった。

妃華莉の声が呼びかけた。「絢奈！」

はっとして絢奈は振りかえった。妃華莉が駆け寄ってきた。目に涙を浮かべている。

それを見たとたん、絢奈も泣きそうになった。妃華莉と抱きあったとき、ステージ衣装を着た美波が近づいてきた。一瞬面食らったものの、絢奈と美波は笑いあった。互いがごく自然にそんな反応をしめしていた。妃華莉が美波とともに、絢奈を助け起こそうと手を貸す。絢奈はゆっくりと立ちあがった。

周りにも再会を喜ぶ姿があった。ツアー客たちは笑顔で福田母娘を迎えた。わだかまりを感じられる態度はどこにもない。瑞帆は唖然《あぜん》としてたたずんでいた。頬の腫《は》れた範子がそっと歩み寄る。優里菜が先に笑顔になった。瑞帆は口に手をやり、大粒の涙を滴らせた。

身勝手だったツアー客たちが、極限状態を乗り越え、ひとつにまとまった。それぞれ傷を負っているからこそ、似た境遇の他人を思いやれるのかもしれない。こんなツアー添乗は過去に経験がない、絢奈はぼんやりとそう感じた。

プールサイドにコシンとカウィンが座りこんでいた。全身ずぶ濡《ぬ》れで、電気コードで身体をぐるぐる巻きにされ、猿ぐつわを噛《か》まされている。井関や川添のしわざらしい。どうりであのふたりも濡れねずみだったわけだ。

少し離れた場所で、男性の韓国語がささやくのがきこえた。「出口はこっちだよ。早く逃げよう。僕が案内するから」

「でも」ユジョンの声は抵抗の響きを帯びていた。「絢奈さんたちと一緒にいなきゃ」

「なんで? ここにいたんじゃ危険だ。僕ならきみを守れる」

「まってよ。手を放して。みんなのところに行く」

「駄目だ。僕が守ってあげるといってるだろ。きみはまだ若くて、世のなかをよく知らないけど、僕はちがう。一緒にいるのがいちばん安全なんだよ。信じてくれないか」

瓦礫のなかでユジョンが男と押し問答をしている。男はユジョンの肩に手をまわし、けっして離そうとしない。ユジョンが身をよじって抗《あらが》うと、男は両腕で抱きついた。

「やめてよ」ユジョンは逃れようと必死になった。「あなた誰? なんでこんなこと……」

「いいからじっとしてろ!」男はいきなり怒鳴った。「なんで俺にそんな態度をとるんだよ!」

ユジョンはびくっとしながら男を見つめた。愕然《がくぜん》としたユジョンの目に、まさかといいたげないろが浮かんでいる。

ツアー客たちが茫然《ぼうぜん》と見守った。井関がきいた。「なにやってんだ? 隅駒さん…

…」

隅駒は興奮ぎみにユジョンを抱き締めていたが、ツアー客らの視線に気づくと、多少ばつの悪そうな顔になった。けれどもユジョンを解放しようとはしない。気まずさがのぞいたのは一瞬にすぎなかった。いまはもう後に退《ひ》けない、そんな異常な決意をあらわにしている。

絢奈はいっこうに動じなかった。「隅駒さん。っていうか、ユジョンのストーカー」

一同が驚きの声をあげた。妃華莉が目を瞠《みは》った。「隅駒さんがストーカー？」

隅駒はユジョンを強く抱き締めたまま、ひとり引きつった笑いを浮かべた。日本語でささやきを漏らす。「なにいってんだよ。そんなわけあるか」

「いえ」絢奈はため息をついてみせた。「とっくに気づいてた。あなた羽田に現れたとき、福田さん母娘と一緒だったじゃん。集合場所に近づくと急に人目を気にして、他人行儀な態度をとりだした。福田さんがユジョンと会うのを知ってたんでしょ。ツアーに参加したのはそれが目的」

優里菜は思い当たるふしがあるのか、息を呑《の》んで母親を見つめた。瑞帆のほうはまた深く沈んだ面持ちになった。

景福宮の康寧殿で、隅駒は福田母娘と範子を見かけたといった。康寧殿は交泰殿のすぐ手前だ。範子は元気そうだったが、顔いろはそんなによくなかった、隅駒はそんなふうに証言した。

だがそのころには、範子はもうユジョンと入れ替わっていたはずだ。隅駒が嘘をついているのはあきらかだったが、目的が判然としなかった。ユジョンが日本人らしきストーカーに悩まされているときき、ようやく事情が呑みこめた。

絢奈は隅駒を見つめた。「これまでもツアーついでにユジョンのもとを訪ねてたでしょ。でも彼女が寮生活を始めて、居場所がわからなくなった。『アジアン・ニュー・スターズ』を観て、ユジョンと共演してた優里菜さんに目をつけ、母親の瑞帆さんに接触した。友達をほしがっていた瑞帆さんはあなたと仲良くなり、ユジョンと会うことをばらしてしまった」

優里菜が母親を見つめた。「話したの?」

瑞帆は憔悴《しょうすい》した顔で応じた。「範子さんのアリバイ工作に、味方は多いほどよかったから……」

「アリバイ工作に協力を求めたのは知ってる。でも身代わりを務めるのが誰かなんて、教える必要はなかったのに」

「ユジョンのストーカーだなんて知らなかった」

　隅駒は頑《かたく》なに否定した。「俺はストーカーなんかじゃない！」

「なら」絢奈は冷静にいった。「ユジョンから離れて。今後二度とユジョンに近づかないって宣言してよ」

　緊迫した空気が漂う。ユジョンが隅駒を睨《にら》みつけた。両手で隅駒を遠ざけようとしたが、かえって隅駒の逆鱗《げきりん》に触れたらしい。隅駒は顔面を紅潮させ、ユジョンを羽交い締めにした。

　那沖が説得した。「よせ。それじゃ誘拐犯と同じだ」

「かまうか」隅駒はユジョンを引きずりながら後退し始めた。壊れた扉へと徐々に近づいていく。「俺たちはこのまま姿を消す」

「やめて！」叫んだのは福田瑞帆だった。「隅駒さん。そんなことをしても、なにも報われない」

　隅駒が鼻を鳴らした。「K‐POPにすがってなきゃ生きられない、病気のあんたが説教かよ」

「わたしにはわかるの」瑞帆は目に涙を溜《た》めていた。「魅力的な人を物のように欲するのは、とても虚《むな》しい。あなたがユジョンを無理やり従属させても、あなたにないものをたくさん持ってる彼女に、日々劣等感をおぼえて傷つく。好きだけれど憎いって感情のせいで、あなたはユジョンに対し優越感を持たなきゃ気がすまなくなる」

優里菜が声を震わせた。「母のいうとおり。……優越感を保つためにDVに走る。暴言を吐いたり、人前で馬鹿にしたり、誰とも会うなといったり、刃向かうことをいっさい許さなかったりする。いなくなった父がそうだった。父はずっと母にそんな態度をとりつづけた」

苦味をともなう傷心が霧のように漂う。範子が歩み寄り、瑞帆の肩を抱いた。瑞帆はうつむいたまま涙を滴下させていた。

隅駒はたじろいだものの、ユジョンを羽交い締めにしたまま後ずさった。「俺には関係のない話だ。ようやくユジョンに会えた。もう誰にも邪魔なんかさせない」

壊れた扉から吹きこむ夜風が、ユジョンの髪を揺らす。隅駒とユジョンは出口に接近していた。

絢奈は醒《さ》めた気分でいった。「それ以上動くと、ろくなことにならないと思う」

「なにいってやがる」隅駒は声を荒らげた。「あばよ、最低最悪のツアー客ども。俺は最高の賞品をゲットした。おまえらはニュースで報じられて、世界じゅうに生き恥でもさらしてろ。負け犬はどこでなにをしようが負け犬……」

隅駒が戸口に達するのをまちかまえていたのだろう。制服警官の群れがいっせいに飛びこんできた。人質をとった犯人と見なしているのは確実だった。ユジョンが引き離される。警官らは隅駒を取り囲んでねじ伏せた。姿はまったく見えなくなったが、叫び声だけはきこえる。ユジョンが駆け戻ってきて優里菜と抱きあった。

ヘルメットと透明なシールドで武装した制服警官らが、続々と建物内に侵入してくる。先陣を切った年配の制服が声を張った。「コ・ギュス班長です。みなさん無事ですか。誘拐犯はいまの男ですか?」

警官らがホールの真んなかに停まったSUVを包囲する。だが車内はもぬけの殻でしかない。プールサイドではコシンとカウィンが身柄を確保されていた。ふたりは誘拐の容疑を否認するだろう。

いっそう隅駒への嫌疑が強まること必至だった。とはいえ遅かれ早かれ、隅駒が誘拐犯でなく、単なるストーカーにすぎないと証明される。けれどもいま絢奈は口を閉ざすことにした。ストーカーには多少お灸《きゅう》を据えるべきだ。

コ班長は怪《け》訝《げん》そうに建物内を見まわした。「ここではいったいなにが……」

ふいに外が騒々しくなった。警官たちが怒鳴っている。クルマのエンジン音が接近してきた。ヘッドライトが建物内を照らす。

次の瞬間、壊れた扉から黒塗りのセダンが飛びこんできた。セダンは急ブレーキをかけたものの、SUVに追突して停まった。一同がどよめきながら後ずさった。セダンの運転席から姿を現したのは、小男のソッキュだった。後部座席のドアが開く。床に突き落とされたスーツはキム部長だった。さらにチョン社長が、大男のサンウに首根っこを押さえられ、車外に引っぱりだされた。キム部長もチョン社長もスーツはぼろぼろ、顔じゅう痣《あざ》だらけになっている。

コ班長が啞然《あぜん》とした。「ムンリョ芸能事務所のチョン社長じゃないですか」

「助けてくれ」チョン社長は四つん這《ば》いになり、コ班長にすがりついた。「こいつらはみんな暴力集団だ。日本人もそうだ。ツアー客を装ってるが、うちの会社を潰《つぶ》そうとする工作員どもだ」

那沖が韓国語できっぱりと否定した。「いいえ。コ班長。ムンリョ芸能事務所こそ犯罪者の巣窟《そうくつ》です。警察もいちどは疑いましたよね？　だからこそ事務所を家宅捜索したんでしょう。資産隠しの証拠が得られず、立件できなかったと思いますが、同社の出資は架空です。内容虚偽の財務諸表によりでっちあげられたにすぎません」

キム部長が血相を変え怒鳴った。「でたらめだ！　資産隠しなどない」能登の落ち着いた韓国語が響き渡った。「あります」

一同がステージを振りかえった。なんと能登は練習生たちを率い、ステージの中央に立っていた。その手には一枚の紙がある。台本から破りとられたページ。タックスヘイブンに通じる鍵《かぎ》だった。

チョン社長はなおもコ班長に泣きついた。「まったく身におぼえがない。あんな紙など知らん」

スキャニングしたところでエラー表示がでるだけでしかない、チョン社長はそう思っているのだろう。だが能登が悠然といった。「そうですかな」

練習生のひとりがヘアドライヤーを能登に渡す。楽屋から延長コードで引っぱってきたらしい。能登はヘアドライヤーを握ると、温風を紙に浴びせた。

キム部長があんぐりと口を開けた。「まさか……」

「そう」絢奈はうなずいた。「チョン社長、キム部長。フリクションペンのささいな落書きがどこだったか、探すのはとても困難です。でもこすって字が消えるインクは、じつは摩擦熱で透明になる仕組みだから、ヘアドライヤーの熱でも消える。おわかりですか」

コ班長はまだぽかんとしている。チョン社長は事実に気づいたのだろう、悄然《しょうぜん》として肩を落とした。キム部長も観念したらしく両目を閉じた。

ヘアドライヤーの騒音が途絶えた。能登が紙をかざした。「この場にパソコンとスキャナーをご用意ください。それで真相があきらかになります」

絢奈は思わず那沖と笑いあった。旅はなにが起きるかわからない。すべてにケリをつけたのは、壇上でスポットライトを浴びる能登先生だった。

32

永登浦区にあるチョン社長の私設ホールには、夜通し大勢の警察官が出入りした。練習生を含め、関係者の人数が尋常でないため、署に場所を移さず現場検証がつづいた。

もっともムンリョ芸能事務所の社員らや、東南アジア系の男たちは、すでにこの場にいない。みな手錠をかけられ署へと連行された。逮捕者のなかに隅駒も含まれている。一味ではないと判明すれば、厳重注意のみで釈放されるかもしれない。韓国ではストーカー行為に対する罰則はあるものの、法律上は軽犯罪のあつかいだからだ。

私設ホールに持ちこまれたノートパソコンとスキャナーにより、海外の隠し財産の全容があきらかになった。さらに深く追及すべく、警察はチョン社長とキム部長の身柄を拘束、やはり署に引っぱっていった。ソウル市内に住む同社の役員たちにも、それぞれ事情をきく方針だという。

夜空の下、ホールの外に無数のパトカーが集結している。一帯に群れをなすのは制服警官ばかりではない。練習生の保護者らが詰めかけていた。練習生の少年少女たちが泣きじゃくりながら、それぞれの親や兄弟姉妹と再会を果たす。ステージ衣装の上に毛布を羽織った練習生らは、迎えにきた家族とともに、現場を遠巻きに囲んだ。順番に警察のテントに呼びだされ、事情聴取を受けることになっている。朝までに証言は山ほど蓄積されるだろう。ムンリョ芸能事務所の酷《ひど》い経営実態も、すべて裏付けられるにちがいない。

絢奈たちはホール内に留《とど》まり、コ班長になりゆきを説明していた。壱条那沖と婚約者は目出し帽の男に誘拐された。ツアー客も全員が事務所関係者により自由を奪われていた。一連の事件は疑いようのない事実と受けとられた。能登は素知らぬ顔で近くにたたずんでいる。絢奈は何度も吹きだしそうになった。

ステージで実施されたショーについて、警察が現場検証のため、手短に再現を要請してきた。音響やライティングも確認しておきたいという。しかし練習生らは外での事情聴取に出払っていて、誰も居残っていなかった。

そのとき鞠華が絢奈にスマホの画面を見せてきた。ニュース速報を通じ、事件の概要を知りながらも、練習生たちのパフォーマンスを見たがる大衆の声が、依然として多く目につく。

現場検証のためのステージには、ユジョンがひとり立った。スポットライトを浴びながらRed Veletのバラード曲『Automatic』を歌いあげる。ユジョンの歌唱力はたいしたものだった。鞠華はスマホカメラで撮影しながら、ライブ配信を再開した。スパチャにまたコメントが殺到しだした。

次いでステージにあがったのは、なんとサンウとソッキュのふたり、それに福田優里菜だった。ノリのいいイントロが流れだす。ラップを多用したヒップホップ・ナンバー『BAD BOY』を、三人が披露した。戸口に練習生らが押しかけてきた。ソヤのパートを歌う優里菜の高音は美しく響いた。サンウとソッキュのかけあいも、本物のマイティマウスさながらだった。

沸き立つツアー客らのなかで、福田瑞帆がひとり物静かに立ち尽くす。絢奈は瑞帆の横顔を眺めた。娘を見守る瑞帆の目が潤みだす。感慨に満ちた表情がそこにある。母親が娘の成長を喜ぶ姿とは少しちがう。優里菜本人の意思がどれだけ尊いものか、親としてようやく実感できたのかもしれない。

白々と夜が明けだす時刻を迎えた。絢奈は那沖とともに外にでた。練習生と家族らはまだ周囲に群れている。みな絢奈に視線を向けてくる。絢奈はうつむいた。注目を浴びるのはあまり心地よくない。特にＡＯＡもどきの制服を着ているいまは。

那沖がきいた。「二泊三日のツアーもきょうが帰国日だよな?」

「そう」絢奈は苦笑した。「こんなに日程が読めなかったツアー添乗は、今回が初めて」

コ班長がトレーを片手に近づいてきた。「長時間のご協力に感謝します。これは被疑者から押収した品です。浅倉さんの持ち物ですか」

トレーの上に見慣れたアイテムが並んでいる。たしかに絢奈の私物ばかりだった。財布、スマホ、筆記具、腕時計、リップクリーム……。

そのうちひとつを那沖がつまみとった。那沖は絢奈の左手をとり、薬指に婚約指輪を嵌《は》めた。

絢奈は顔をあげ、那沖を見つめた。那沖も穏やかな微笑とともに絢奈を見かえした。

ふいに歓声と喝采《かっさい》があがった。驚いて辺りを見渡すと、練習生たちがそろって祝福する。耳に覚えのあるコールがひろがりだした。キスしろ！　キスへ！　キスへ！

思わず那沖と笑いあった。まさかこんなところで……。そう思ったとき、那沖の涼しいまなざしが近づいてきた。

ほとんどなにも考えないうちに、唇に独特の感触をおぼえた。いままでよりもずっと甘酸っぱい、十代のような恋の味だった。

33

午前九時半。絢奈は羽田の出発ロビーに立っていた。左右に妃華莉と美波もいる。三人そろって壁の大型ビジョンを眺めた。

韓国YTNによるニュース映像。画面に映しだされているのは、建物の玄関に殺到する報道陣だった。リポーターらが無数のマイクを突きだす。カメラのフラッシュがひっきりなしに焚《た》かれる。もみくちゃにされているのはイ・ジョンミン議員だった。警察官が必死にマスコミを掻《か》き分けながら、イ議員をパトカーに連行しようとする。なかなか前に進めない。イ議員は詰問の集中砲火を浴びせられていた。

ハングルのテロップが画面上に流れる。「イ・ジョンミン議員は、ムンリョ芸能事務所の詐欺的経営に関与した疑惑により、当局に身柄を拘束された。事件を受け、国務調整室の主導による、未成年芸能人や練習生の権利保護改善法が可決され……」

妃華莉がつぶやいた。「今後は練習生の実態が行政の調査対象になる」

美波も嬉《うれ》しそうな表情でうなずいた。「おかげで日本からの留学生も、安心してソウルの芸能事務所に所属できるようになった。韓流芸能ツアーの自粛も全面的に終了」

絢奈はいった。「美波。練習生にならないかって誘いが来たんでしょ？　受けりゃよかったのに」

「まさか」美波は笑いながらも顔をしかめた。「ほかの曲ろくに知らないし、添乗員やってるほうが楽しい。業界も人手不足だから、がんがん働かないと」

「そう」絢奈は背後を振りかえった。「いまとなっては人手不足が深刻」

三人そろって振り向いたロビーに、隙間がないほど大勢のツアー客がひしめきあう。群衆は絢奈たちに対し、アーティストを前にしたかのごとく湧きあがった。あちこちでいろとりどりの応援棒が振られる。どの笑顔も心からの歓《よろこ》びにあふれていた。番組観覧にコンサート、ドラマのロケ地めぐり。今回のツアーも日程が忙しい。

興奮をあらわにするツアー客らのなか、ひときわ輝きを放つ美人顔が目にとまる。絢奈細面にばっちりオルチャンメイクを施し、韓国のモデルさながらの風体だった。絢奈と視線が合うと、上品ににっこりと微笑んだ。

美波も気になったらしい。絢奈にたずねてきた。「あの綺麗《きれい》な人、誰？」

「前にも会ったじゃん。池嶋範子さん」

「嘘!? ほっぺたがすっきり……まるでこぶとりじいさん」

妃華莉が笑った。「腫《は》れが引いたら、たしかにシュッとした顔になってる。心から羨《うらや》ましいぐらい」

絢奈は首を横に振った。「妃華莉は充分にシュッとしてんじゃん」

「あー」美波がにやりとして妃華莉を眺めた。「妃華莉はそういってほしかったのか」

「やめてよ」妃華莉が苦笑いとともに否定した。「万年小学生の美波にはわからない」

毒を吐きあうのも仲のよさの証明だった。あの暗中模索のツアー添乗以来、三人の結束はより強まった気がする。海外旅行はふたたびさかんになった。あらゆる人々に新たな愉悦がもたらされる。今度のことで確信できた。なにがあろうと世界は元に戻る。平和で明るい未来はけっして揺るがない。

絢奈は一同に声を張った。「出発します！　いちばん端の列の方々から順に、わたしたちにつづきお進みください」

途方もない人数のツアー客を率い、三人の添乗員は歩きだした。絢奈の胸は躍った。なんの変哲もない日常に落ち着かず、ほんの少しの勇気をもって非日常へと飛びだす。それが心の旅というものだろう。どこかにたどり着くことが重要ではない、旅路にこそ本当の幸せがある。

解説　――危機また危機、機知また機知

村《むら》上《かみ》貴《たか》史《し》（書評家）

■水平思考

ワクワクする。

そう、久々の《特等添乗員α》シリーズの新作が完成したのである。

二〇一二年にスタートしたこのシリーズにおいて、前作、すなわち第Ⅴ巻が刊行されたのは、一四年二月のことだった。今回の新作『特等添乗員αの難事件Ⅵ』が二一年二月刊行なので、実に七年ぶりの新作ということになる。

このシリーズの魅力は、国内外での旅情や、〝人の死なないミステリ〟である点などいくつもあるが、二十二歳の添乗員浅倉絢奈《あさくらあやな》が、その〝才能〟を活《い》かして大小様々な難問を次々とクリアしていく点が最も特徴的だ。

絢奈の才能とは、水平思考、あるいはラテラル・シンキングと呼ばれる思考方法を

ごく自然に使えること。常人が考えもしないような思考の径路で正解へと到達できる。そしてこの才能が、旅先で起きる様々なトラブルにその場で対応し、その場で現実的に解決していかなければならない〝添乗員〟という仕事に相性が抜群だったのだ。

その能力は、例えば、百名に及ぶ団体客の温泉ツアーにおいて、手違いで宿が確保されていなかったことが出発後に判明したという難局や、受験生親子を乗せたバスの車高が高すぎて陸橋の下をくぐれないという状況を鮮やかに打開する。それればかりではなく、広域指定暴力団の幹部を刑務所送りにしたり、国際的に手配されている神出鬼没の悪党を確保したりもするのである。いってみれば、ラテラル・シンキングを武器とする名探偵の役割も果たしてきたのだ。

本シリーズの第I巻から第V巻においては、中卒のニートだった絢奈が、後に恋人となる壱条那沖《いちじょうなおき》や、彼の元家庭教師だった能登《のと》厦人《いえと》の助力によってラテラル・シンキングを補う学力を身につけ、添乗員として実績を積み、あちこちのツアーから指名で呼ばれる〝特等添乗員〟として成長していく模様が描かれていた。那沖との出会いから恋愛感情の芽生え、揺れる心、ライバル出現といった様々な恋愛模様とともに、である。

その恋愛劇も第V巻で一応それなりに落ち着いたところでシリーズも一段落。そして七年が経過したのだが、今回のシリーズ最新作は、絢奈と那沖の恋愛関係も年齢も、第Ⅴ巻からの自然な継続として描かれている。作中の設定が七年ジャンプしているわけではない。なので、戸惑うことなく作品世界に入っていけるだろう。

■添乗員

さて、その第Ⅵ巻では、韓国芸能界で起きたオーディション番組での不正投票といった現実を背景に、浅倉絢奈たち三名の添乗員が引率する二泊三日の韓国ツアーでの顚末《てんまつ》が――なんとも盛り沢山で波瀾万丈《はらんばんじょう》の顚末が――描かれている。

そもそもが逆風の中でのツアーだった。韓国に渡ってトレーニングを受けていた日本人練習生三人が現地芸能事務所による監禁同然の取り扱いといった人権侵害によって命すら危ぶまれる状況に追い込まれたことをきっかけに、国土交通省は未成年練習生の渡韓《とかん》を認めない方向での調整を開始し、観光庁に対しては、韓流《ハンりゅう》芸能を観光旅行のセールスポイントにしないような指導を要請してきた。結果として、絢奈が添乗するツアーには客が集まらず、当初の想定よりも大幅に少ない人数での催行を余儀なくされていたのである。しかも、その少数の参加者がいずれも一癖ありそうな者ばかりだった。一方で絢奈をはじめとする添乗員の三人は、添乗員派遣会社の社長によりKーPOPのガールズグループ調の服装と髪型を強要されていた。そんな具合に集合時点からあれやこれやと歪《いびつ》だった一行は、韓国に到着して観光を始めたものの、もう一つ盛り上がりに欠けていた。そんななか、事件は起きた。ツアー客の一人が失踪《しっそう》してしまったのだ……。

まずはこの失踪事件がなかなかにミステリアスである。ツアー客たちが観光地で写真を撮ったりして過ごすなか、客の一人が突然卒倒。駆け寄ったところ、同じ服装の別人に入れ替わっていたという事件なのである。衆人環視のなかで、この入れ替わり劇は如何《いか》にして行われたのか、何故行われたのか。謎として魅力的なうえに、絢奈が突き止める真相も、この物語の展開や舞台と密に結びついていて素晴らしい。

一方で、後半に入ると活劇としての魅力も増してくる。特に、普段は制限速度を頑《かたく》なに遵守して車を運転する人物が、異国の地で心のリミッターを解除し、テクニックを全開にしてマニュアル車を爆走させるシーンが素晴らしい（もちろんそうする必然性がある）。

その車が突入した先での騒動も刺激的なのだが、それが終わろうとする時点で披露される二曲が——曲（？）って、一体どんな展開なのか未読の方にはよく判らないだろうが、本書はそれほどに波瀾万丈なのだ——読者の心を温かくしてくれる。本書を読み進むなかで読み手のなかに蓄積された韓国芸能界に関する知識を背景として、この二曲の意味を読者は理解し、そして温《ぬく》もりを感じるのだ。いいシーンである。

その他、とんでもないところで裏切りに遭遇したり、あるいは別の犯罪者も絡んできたり、はたまた絢奈が〝敵〟を困らせるために知恵を活かすシーンでも伏線が強烈に効いていたりと、危機また危機、機知また機知という一冊で、エンターテインメントとしての満足度は相当に高い。

そのうえで、だ。

本書は希望に満ちている。

ＪＹＰやＮｉｚｉＵといったまさに現代を象徴する固有名詞を出すことで絢奈たちの世界を現代日本と結びつけつつ、旅行の自粛期間が明けたという設定で（ＣＯＶＩＤ‐19そのものには言及せずに）、日常を日常として愉《たの》しめる世界を、さらにいえば日常における非日常をエンターテインメントとして愉しめる世界を、前向きに描いているのである。こんな時世だからこそ読みたくなる小説なのだ。

■鑑定士

松岡圭祐《まつおかけいすけ》は、この《添乗員α》シリーズに先立ち、二〇一〇年から《万能鑑定士Q》というシリーズを開始している。

こちらの主役は、絢奈の一つ年上の凜田《りんだ》莉子《りこ》。沖縄の波照間《はてるま》島での高校時代はほぼオール1という成績だったが、上京して転がり込んだバイト先でロジカル・シンキング（垂直思考）を教えられ、その後独立し、鑑定家として活躍している。彼女の武器はロジカル・シンキング。そう、絢奈のラテラル・シンキングと補完関係にある才能の持ち主なのだ。

莉子と絢奈はイギリスのドーヴァーで出会い、絢奈がラテラル・シンキングを駆使して莉子と連れを窮地から救い出している（『万能鑑定士Qの推理劇I』と『特等添乗員αの難事件I』において、それぞれの視点からこの出会いが描かれている）。その際、莉子は――おそらくロジカル・シンキングによって――絢奈がラテラル・シンキングの使い手であることを見抜き、それを聞かされた莉子の連れは、〝凜田さんの弱点すべてを補ってあまりある人みたいじゃないですか〟との感想を漏らす。両方のシリーズの読者にとっては嬉《うれ》しくてたまらないであろう場面だ。ちなみに二人はその後親しくなる。

《万能鑑定士Q》シリーズも、一六年の『万能鑑定士Qの最終巻』以来久々の新作『万能鑑定士Qの事件簿 0』が昨年（二〇年）に発表されており、本作とあわせて、莉子と絢奈の新作が出そろったことになる。いずれも〝人の死なないミステリ〟であり、ロジカルもしくはラテラルな機知が矢継ぎ早に繰り出されるミステリである。莉子にしても絢奈にしてもスピーディーかつ自然体でその才能を駆使するため、読んでいるこちらまでもがついつい切れ者になったかのように錯覚してしまうのだが、その感覚もまた愉しい。

久々のシリーズ新作発表をきっかけに、既存作品を愛読してきた方だけでなく、これまで手を伸ばさずにいた方にも是非、この世界に足を踏み入れていただければと思う。〝とりあえず新作だけつまみ食い〟でもまったく構わない。莉子も絢奈も意外なところから才能を開花させ、新たな世界に羽ばたいたのである。入り口はどこでもよいのだ。

本書は書き下ろしです。

この物語はフィクションです。登場する個人・団体等はフィクションであり、現実とは一切関係がありません。

特《とく》等《とう》添《てん》乗《じょう》員《いん》αの難《なん》事《じ》件《けん》 Ⅵ

松《まつ》岡《おか》圭《けい》祐《すけ》

令和3年 2月25日 初版発行
令和5年 8月10日 3版発行

発行者●山下直久

発行●株式会社KADOKAWA
〒102-8177 東京都千代田区富士見2-13-3
電話 0570-002-301(ナビダイヤル)

角川文庫 22550

印刷所●株式会社KADOKAWA
製本所●株式会社KADOKAWA

表紙画●和田三造

●お問い合わせ
https://www.kadokawa.co.jp/ (「お問い合わせ」へお進みください)
※内容によっては、お答えできない場合があります。
※サポートは日本国内のみとさせていただきます。
※Japanese text only

ISBN 978-4-04-111157-4 C0193

JASRAC 出 2100016-303

◆◇◇

角川文庫発刊に際して

角川源義

第二次世界大戦の敗北は、軍事力の敗北であった以上に、私たちの若い文化力の敗退であった。私たちの文化が戦争に対して如何に無力であり、単なるあだ花に過ぎなかったかを、私たちは身を以て体験し痛感した。西洋近代文化の摂取にとって、明治以後八十年の歳月は決して短かすぎたとは言えない。にもかかわらず、近代文化の伝統を確立し、自由な批判と柔軟な良識に富む文化層として自らを形成することに私たちは失敗して来た。そしてこれは、各層への文化の普及滲透を任務とする出版人の責任でもあった。

一九四五年以来、私たちは再び振出しに戻り、第一歩から踏み出すことを余儀なくされた。これは大きな不幸ではあるが、反面、これまでの混沌・未熟・歪曲の中にあった我が国の文化に秩序と確たる基礎を齎らすためには絶好の機会でもある。角川書店は、このような祖国の文化的危機にあたり、微力をも顧みず再建の礎石たるべき抱負と決意とをもって出発したが、ここに創立以来の念願を果すべく角川文庫を発刊する。これまで刊行されたあらゆる全集叢書文庫類の長所と短所とを検討し、古今東西の不朽の典籍を、良心的編集のもとに、廉価に、そして書架にふさわしい美本として、多くのひとびとに提供しようとする。しかし私たちは徒らに百科全書的な知識のジレッタントを作ることを目的とせず、あくまで祖国の文化に秩序と再建への道を示し、この文庫を角川書店の栄ある事業として、今後永久に継続発展せしめ、学芸と教養との殿堂として大成せんことを期したい。多くの読書子の愛情ある忠言と支持とによって、この希望と抱負とを完遂せしめられんことを願う。

一九四九年五月三日